KB269442

임영기 新무협 판타지 소설
FANTASTIC ORIENTAL HEROES

# 대사부 7

임영기 新무협 판타지 소설

초판 1쇄 찍은 날 § 2010년 5월 4일
초판 1쇄 펴낸 날 § 2010년 5월 10일

지은이 § 임영기
펴낸이 § 서경석

편집장 § 문혜영
편집 § 주소영

펴낸곳 § 도서출판 청어람
등록번호 § 제1081-1-89호
등록일자 § 1999. 5. 31
어람번호 § 제2-1926호

주소 § 경기도 부천시 원미구 심곡2동 163-2 서경B/D 3F (우) 420-822
전화 § 032-656-4452  팩스 § 032-656-4453
http://www.chungeoram.com
E-mail § chungeoram@chungeoram.com

ⓒ 임영기, 2009

ISBN 978-89-251-2169-7 04810
ISBN 978-89-251-2031-7 (세트)

※ 파본은 구입하신 서점에서 교환하여 드립니다.
※ 저자와 협의하여 인지를 붙이지 않습니다.
※ 이 책은 도서출판 청어람과 저작자의 계약에 의해 출판된 것이므로,
  무단 전재 및 유포·공유를 금합니다.

# 대사부

大邪夫

FANTASTIC ORIENTAL HEROES

임영기 新무협 판타지 소설

7

신인(神人)

서울판
청어람

# 目次

# 第六十七章

## 생사기로(生死岐路)

大夫部

대사부

쐐애액!

쉬이익! 쉭! 쉭!

날카로운, 그리고 어지러운 파공성이 밤의 적막을 산산이 찢어발겼다.

기개세를 포위한 백여 명의 흑의인들이 공격을 시작한 지 일각이 지나고 있다.

흑의인들은 특이한 모양의 도검을 사용했으며, 그것을 자신들의 팔다리보다 더 잘 다루었다.

기개세는 흑의인들에게 겹겹이 둘러싸인 상태라서 아예 모습이 보이지도 않았다.

일각 전에 흑의인들이 다짜고짜 공격을 개시하자, 기개세
는 사력을 다해서 방어를 했다.

흡사 소나기처럼 쏟아지는 도검의 공격을 어떻게 막고 피
했는지도 모른다.

언뜻 정신을 차려보니까 오른손에 움켜쥔 절대신검을 미
친 듯이 휘두르고 있는 자신을 발견했다.

그가 지금까지 배운 낙성북두검법의 초식 구결은 하나도
생각나지 않았고, 무의식중에도 펼칠 수 있을 정도로 연마한
무공들은 어떻게 된 일인지 하나도 펼쳐지지 않았다.

그저 사방에서 쏟아지는 도검을 필사적으로 피하고 막아
내는 데 사력을 다하고 있을 뿐이다.

느닷없이 사방에서 거센 파도처럼 몰아치는 무지막지한
공격 때문에 정신을 차릴 수 없다는 이유도 있지만, 이런 상
황에서 도대체 어떤 무공을 전개해야 하는지 판단이 서지 않
는다는 것이 더 큰 이유였다.

사실 그는 싸움이라는 것을 해본 적이 없다. 예전에 무창성
에서 건달들이나 하오문도들과 싸웠던 것은 싸움이라기보다
는 저잣거리의 드잡이에 가까웠다.

그 당시에 그가 알고 있던 무공은 부친이 가르쳐 준 북두뇌
격과 삼성 정도 익힌 흑운잠영보라는 보법이 전부였다.

그것만으로도 그는 무창성의 건달패와 하오문 사이에서
제법 잘나가는 싸움꾼으로 통했다.

하지만 지금 이 싸움은 그것과는 근본적으로 다르다.

기개세를 공격하고 있는 흑의인들은 일류고수다. 단 한 명의 일류고수가 건달이나 하오문도 수백 명을 한꺼번에 몰살시킬 수 있다.

그런데 그런 일류고수가 무려 백여 명이나 기개세를 합공하고 있는 것이다.

쉬이익! 쉬쉭!

쐐액! 쐐액!

"우왓!"

전후좌우에서 숨 쉴 틈 없이 찌르고 베어오는 도검에 기개세는 비명을 지르면서 피하기에 바빴다.

펄쩍펄쩍 뛰다가 땅바닥에 구르기도 하고, 온몸을 비틀고 젖히고 굽히느라 정신이 없다.

만약 한순간 여차 실수라도 하는 날이면 그는 순식간에 도검에 찔려서 고슴도치가 되고 말 것이다.

'정신을 차려야 한다! 어서 정신 차려라! 인마! 기개세!'

그는 미친 듯이 몸을 움직이면서 내심으로 악을 쓰듯 외쳤다. 지금 같은 상황에서 그가 도검에 찔리거나 베이는 것은 시간문제다.

만약 다섯 호흡 정도만 이대로 간다면 돌이킬 수 없는 일이 벌어지고 말 것이다.

파앗!

그때 그는 왼쪽 뒤 어깨 부위가 화끈한 것을 느꼈다. 찔렸으면 몸이 앞으로 기울 텐데 그러지 않는 것으로 미루어 베인 것 같았다.

그런데 오히려 그 충격이 그로 하여금 정신이 번쩍 들게 해주었다.

"이런 빌어먹을!"

그의 입에서 오래전에 잊었던 욕설이 튀어나왔다. 욕설이 튀어나온다는 것은 제정신을 차렸다는 뜻이다.

순간 그는 재빨리 오른손의 절대신검을 왼손으로 바꿔 잡는 것과 동시에 오른손을 벼락같이 앞으로 뻗었다.

쿠우―

오른손이 뻗어 나가면서 허공을 은은하게 울리는 진동음이 흘렀고, 그 짧은 순간에 오른손이 손목까지 투명한 옥수로 변했다.

기개세 바로 앞에 있던 흑의인은 그에게 도를 그어가다가 놀란 얼굴로 멈칫했다.

눈앞에서 무엇인가 번쩍하더니 그 순간 아무것도 보이지 않았던 것이다.

퍽!

기개세의 오른손 장심에서 발출된 극빙장이 흑의인의 가슴 한복판에 적중되었다.

워낙 가까운 거리여서 극빙장은 흑의인의 가슴에 주먹 크기의 구멍을 뻥 뚫고 뒤로 빠져나갔다.

흑의인은 신음조차 내지 못하고 그 자리에서 굳어버렸다.

퍼억!

그 순간 바로 옆의 흑의인 얼굴에 손목 굵기의, 마치 몽둥이처럼 생긴 투명한 빛줄기가 작렬했다.

기개세가 재차 극빙장을 발출한 것이다.

흑의인들은 기개세를 곧 죽일 수 있을 것이라 여기고 너무 가까이, 그리고 무방비로 공격만 퍼붓다가 된통 당하게 된 것이다.

퍽!

세 번째 흑의인 복부에 극빙장이 적중했다. 하지만 그것이 끝이 아니다.

퍼퍽!

그들 좌우에서 공격하던 두 명의 흑의인이 각각 어깨와 복부에 극빙장을 적중당해 그대로 굳어버렸다.

다섯 명의 흑의인들에게 극빙장을 적중시키는 데 불과 한 호흡이 걸렸을 뿐이다.

천옥신장의 장점은 세 가지인데, 지독한 빠르기와 가공한 위력, 변화무쌍함이다.

기개세는 천옥신장을 공력으로 사용하지 않고 체내의 극음지기로 대신하고 있다.

그의 칠십 년 공력으로 천옥신장을 전개하면 손바닥이 직접 상대의 몸에 닿아야 하지만, 극빙장은 그럴 필요가 없기 때문이다.

쩌쩌쩍!

굳어버린 다섯 흑의인의 몸이 갑자기 새하얀 얼음 덩어리로 변하는가 싶더니 마구 금이 가기 시작했다.

아니, 그것도 잠시, 그들의 얼음 덩어리 몸은 그대로 터져서 얼음 조각이 사방으로 뿜어졌다.

느닷없이, 그리고 단 한 호흡 만에 벌어진 믿어지지 않는 광경에 공격하던 흑의인들이 일제히 주춤했다.

기개세는 그 기회를 놓치지 않았다. 뒤를 향해서 재빨리 몸을 돌리면서 왼손의 절대신검으로 휩쓸 듯이 낙성북두검법을 전개했다.

쉬이이!

단지 검을 그어대는 것 같은 단순한 동작처럼 보이지만 실상 그 한 번의 동작에 낙성북두검법 일초 칠 변의 기기묘묘한 변화가 다 쏟아져 나갔다.

"흐악!"

"크악!"

기개세는 낙성북두검법, 즉 북두검법을 더 이상 완벽할 수 없을 정도로 터득한 상태다.

그 경지에 오르면 북두검법은 현존하는 그 어떤 검법보다 탁월한 위력을 발휘한다.

모든 무공이 그렇듯이 북도검법 역시 공력이 높을수록 더욱 강력해진다.

현재 그의 공력은 칠십 년으로 일류고수 수준이다.

그러므로 그가 전개하는 북두검법은 흑의인들이 전개하는 도법이나 검법하고는 비교할 수 없을 정도로 강하다.

쩌겅!

더구나 천하에 다시없을 명검인 절대신검은 흑의인이 수중의 도를 들어서 막자 도를 수수깡처럼 자르며 흑의인의 몸통을 통째로 갈라 버렸다.

기개세가 빙글 뒤쪽으로 몸을 회전하면서 전개한 한차례의 북두검법에 세 명의 흑의인이 목과 몸통이 잘려서 피를 뿜으며 나뒹굴었다.

그 순간에 그는 두 가지 사실을 깨달았다. 자신의 실력이 생각하고 있던 것보다 더 뛰어나다는 사실, 그리고 절대신검에 공력을 주입해서 휘두르면 상대의 무기를 여지없이 잘라 버린다는 사실이다.

기개세는 단 두 호흡 만에 흑의인 여덟 명을 거꾸러뜨리자 기운이 펄펄 났다.

반면에 방금 전까지만 해도 곧 죽을 것 같던 그가 별안간 신들린 듯한 살수를 펼치자 흑의인들은 주춤하며 공세가 한 풀 꺾이고 말았다.

원래 기개세는 양손으로 북두검법을 연마했기 때문에 왼

손으로도 능숙하게 전개한다. 물론 오른손만큼은 아니지만 칠성 정도의 위력을 발휘할 수 있었다.

"으핫핫! 이놈들아! 겁먹었느냐?"

기고만장한 기개세는 밤하늘이 쩌렁쩌렁하게 울리도록 호탕한 웃음을 터뜨리면서 전면의 흑의인들을 향해 곧장 돌진해 가며 양손을 동시에 휘둘렀다.

옥수로 변한 오른손 장심에서는 천옥신장의 초식으로 극빙장이 발출되고, 왼손의 절대신검은 북두검법을 전개했다.

그는 비록 칠십 년 공력을 지닌 일류고수 수준이지만, 그가 전개하는 천옥신장의 극빙장만큼은 절정고수 못지않은 위력을 발휘한다.

퍽!

천옥신장으로 발휘되는 극빙장이 얼마나 강력한지 흑의인들 몸에 적중되면 어느 부위를 막론하고 주먹 하나가 통째로 들어갈 정도로 구멍이 뻥뻥 뚫려 버렸다.

더구나 빠르기가 섬전 같아서 일단 먹잇감으로 정해지면 흑의인들 정도의 실력으로는 절대 피할 수 없다. 그야말로 백발백중이고, 적중되면 즉사다.

그러나 모든 일이 다 잘 풀릴 수는 없다. 낙극애생(樂極哀生). 기쁜 일이 극에 달하면 슬픈 일이 생겨난다는 옛말은 틀리지 않다.

조금 전에 그가 왼손으로 북두검법을 전개했을 때에는 흑의인들의 허를 찔렀기 때문에 일 검에 세 명이나 죽일 수 있는 행운을 얻었으나 그게 처음이자 마지막이 되었다.

한차례 당황하고 나자 흑의인들은 여유있게 북두검법의 공세를 피했다.

만약 기개세가 오른손으로 절대신검을 잡고 북두검법을 전개한다면 지금보다 훨씬 강력한 위력과 변화를 발휘할 수 있을 것이다.

그 대신 극빙장을 발출하지 못하게 된다. 지금은 북두검법보다는 극빙장이 훨씬 필요할 때다.

기개세는 또다시 극빙장을 두 번 발출하여 두 명의 흑의인을 적중시켜 얼음 조각으로 부숴 버렸다. 이로써 도합 열한 명을 죽였다.

그렇지만 왼손으로 전개하는 북두검법으로는 한 명도 베지 못하고 있었다.

그렇지만 그것 때문에 흑의인들이 함부로 접근하지 못하고 서너 걸음 밖에서 기회를 엿보고 있다.

그런 상황을 깨달은 기개세는 나름대로 방법을 강구해 냈다.

즉, 왼손으로는 북두검법을 전개해서 흑의인들이 접근하지 못하게 하면서, 오른손으로 극빙장을 발출하여 흑의인을 하나씩 죽이는 것이다.

지금으로선 그것 외에는 방법이 없다. 천검사영이나 육대명왕은 모두 낙성검가에 있다.

기개세가 잔머리를 굴려서 일부러 떼어놓고 왔으므로 누굴 탓할 처지가 아니다.

또한 지금은 자정이 훨씬 넘은 시각이다. 누가 그를 도와줄 수 없는 상황이다.

천검신문의 문주이므로 하늘이 도와줄 것이라고 기대한다면 오산이다.

천문주도 인간이다. 칼로 베면 몸이 잘릴 것이고, 검으로 찌르면 뚫릴 것이다.

지금 이곳에서 그를 도울 수 있는 사람은 오직 그 자신뿐이다. 그가 어떻게 대처하느냐에 따라서 이곳이 무덤이 될 수도, 구사일생 살아날 수도 있다.

여차하는 순간 목이 달아나 버리면 끝장이다. 그것으로 소옥군도, 나운상도, 가족이나 능소지 친구들이나 양부모도 두 번 다시 볼 수 없다.

그는 열한 명을 죽이고 나서 흑의인들의 공격이 잠깐 주춤한 사이 그런 사실들을 가슴에 새겼다.

지금은 그의 생사가 결정되는 무척이나 중요한 시각이다. 여태까지 십팔 년을 살아온 그의 인생에서 가장 중요한 때라고 할 수 있다.

하지만 이상하게도 두려움 같은 것은 추호도 생기지 않았다.

오히려 '한번 해보자'라는 묘한 오기 같은 것이 걷잡을 수 없이 마구 피어올랐다.

그것은 지금까지 그 자신도 모르고 있던 성격이다. 그것은 아마도 깊은 곳에 잠재되어 있던 천부적인 '투지' 같은 것일지도 모른다.

"끼야압! 덤벼라! 이놈들아!"

천방지축 기개세는 괴성을 지르면서 전면으로 덮쳐 가며 천옥신장과 북두검법을 동시에 전개했다.

순간·전방의 흑의인들이 파도가 갈라지듯 빠르게 좌우로 흩어졌다.

·퍼억!

그러나 극빙장을 피할 수는 없다. 동작이 굼뜬 흑의인 한 명의 뒤통수가 뭉텅 떨어져 나갔고, 그 즉시 그는 얼음조각이 되어 흩어졌다.

'킥킥! 열두 놈째!'

그는 신바람이 나서 자신이 죽인 적의 수를 속으로 세며 이번에는 왼쪽을 향해 바람처럼 덮쳐 갔다.

'어?'

그러나 다음 순간 그는 가볍게 놀랐다. 전방에 흑의인들이 한 명도 없는 것이다.

'뭐야? 어디로……'

흠칫 놀라서 재빨리 좌우를 쳐다보던 그는 흑의인들이 좌

우에서 자신의 뒤쪽으로 그림자처럼 움직이고 있는 것을 발
견하고 움찔했다.
　흑의인들이 그의 앞쪽에 있지 않으려는 것이다. 그의 극빙
장 공격을 원천적으로 차단하기 위해서이고, 아울러 그의 배
후를 공격하겠다는 뜻이다.
　'이놈들이?
　거기까지는 미처 생각하지 못한 그는 불안함과 속이 뒤틀
리는 것을 동시에 느끼며 번개같이 뒤쪽으로 몸을 돌렸다.
　쐐애액! 쌔액!
　그러나 그보다 빨리 허공을 갈가리 찢는 파공성이 배후에
서 요란하게 터져 나왔다.
　찰나를 백으로 쪼갠 순간, 그는 자신이 뒤를 돌아보기도 전
에 도검에 벌집이 될 것을 예감했다.
　그러나 적들이 보이지 않는 상황에서는 어떻게 해볼 재간
이 없다.
　휙!
　몸을 돌리려다가 말고 곧장 바닥으로 몸을 날려 굴렀다.
　휘익! 쉬익!
　귓가로, 머리 위로, 등줄기 위로 도검이 아슬아슬하게 스쳐
지나갔다.
　쐐액! 쌕!
　그런데 그가 일어설 기회를 주지 않고 흑의인들의 도검이

연이어 소나기처럼 쏟아졌다.

무림인들은 웬만해서는 바닥을 구르지 않는다. 한번 구르기 시작하면 순식간에 기선을 제압당해 버리고, 다시 일어나서 원상회복하기가 어렵기 때문이다.

그래서 싸움에 이골이 난 고수일수록 아무리 위급해도 땅으로 몸을 날리지 않는 것이다.

그렇지만 무림이나 싸움의 경험이 전무한 기개세는 일단 위험을 피하고 보자는 식으로 땅바닥에 굴렀다.

아무리 잘 구르면서 피한다고 해도 구르는 것은 행동이 굼뜰 수밖에 없고, 행동반경이 좁기 때문에 한두 번 위기를 넘기기는 좋아도 그다음에 쏟아지는 공격에는 속수무책이 되고 만다.

'이런 제기랄!'

등을 땅바닥에 대고 두 발과 두 팔을 든 채 마치 재롱부리고 있는 강아지 같은 모습을 하고 있는 기개세는 자신을 향해 사방에서 쏟아지고 있는 도검을 보면서 얼굴이 보기 싫게 일그러졌다.

그대로 있다가는 눈 한차례 깜빡이기도 전에 온몸이 난도질을 당하고야 말 것 같은, 그야말로 간불용발(間不容髮)의 상황이었다.

그 순간에는 아무것도 생각나지 않았다. 단지 살아야겠다는 일념뿐이다.

살아서 천검신문의 문주로서 천하를 구하겠다는 사명감이
나, 부모에게 못다 한 효도를 해야 한다는 그럴싸한 생각 따
윈 눈곱만큼도 나지 않았다. 그저 무조건 살고 싶을 뿐이었
다.

그 순간 그는 두 눈을 부릅뜨고 발버둥을 치듯이 팔다리를
마구잡이로 휘둘렀다.

"이얏! 아무나 맞아라!"

쉬이익! 쉭쉭!

절대신검이 풍차처럼 제멋대로 휘둘러졌고, 오른손에서는
극빙장이 불꽃놀이 하듯이 어지럽게 세 줄기가 뿜어졌다.

쩌쩌쩡!

퍼퍼퍽!

절대신검이 쏟아지는 도검들을 타작마당의 벼 베듯이 토
막을 내면서 흑의인들의 하체를 뎅겅뎅겅 잘랐다.

뿐인가. 겨냥도 하지 않고 뿜어진 극빙장 세 줄기 중 두 줄
기가 흑의인 두 명의 몸에 적중되어 허공으로 튕겨 오르게 만
들었다.

땅바닥에 누워 있는 기개세가 속수무책일 것이라 여기고
한꺼번에 몰려들었던 흑의인들은 갑자기 펄펄 끓는 물이 확
끼얹어진 것처럼 놀라서 사방으로 흩어졌다.

방금 기개세의 몸부림으로 흑의인 두 명이 다리와 허리가
잘라졌으며, 두 명이 극빙장에 얼음조각이 되어 흩어졌다.

기개세는 오뚝이처럼 발딱 일어나 우뚝 서며 득의하게 웃음을 터뜨렸다.

"으핫핫핫! 죽고 싶은 놈들은 어서 덤벼라!"

쏴아아아!

그의 말이 끝나기가 무섭게 흑의인들이 재차 공격해 왔다. 여태까지보다 한층 거세진 맹공격이다.

더구나 기개세의 전면에는 한 명도 안 보이고, 뒤쪽에서만 공격을 퍼부었다.

'이놈들이?

방금 '죽고 싶은 놈들 다 덤벼라' 고 큰소리쳤던 기개세는 움찔 놀랐다.

흑의인들이 겁을 먹었을 것이라고 예상했는데 전혀 아니기 때문이다.

이번에도 역시 뒤로 몸을 돌리기도 전에 고슴도치가 되고 말 판국이다.

이렇게 되면 만만한 게 땅바닥이다. 그래서 어쩔 수 없이 또다시 땅바닥에 몸을 던졌다.

쐐쐐액! 쐐액!

땅바닥에 몸을 굴리는 것까진 좋은데, 조금 전하고는 다른 상황이 되고 말았다.

그가 그럴 줄 미리 알았다는 듯이 흑의인들이 재빨리 그가 굴러가고 있는 앞쪽으로 쏘아가 도검을 쏟아냈다.

데구루루 구르던 기개세는 그 광경을 발견하고 머리털이 쭈뼛 솟구쳤다.

하지만 굴러가던 몸을 멈출 수는 없는 노릇이다. 아니, 그럴 능력이 있어서 멈추게 되면 현재 쏟아져 오고 있는 도검에 난도질을 당하게 될 것이다.

그야말로 진퇴유곡. 제아무리 기개세지만 이 상황에서는 눈앞이 캄캄해지면서 아무런 생각도 나지 않았다.

[저, 저거 어떻게 하지?]

흑의인들이 기개세를 협공하고 있는 광경을 관도 변의 숲속에 숨어서 지켜보는 세 사람이 있었다.

[옥제, 자네 천검신문 문주를 돕겠다고 하지 않았는가? 그렇다면 지금이 절호 기회일세. 어서 나가세 돕게.]

[그렇지만…….]

세 사람은 옥마제와 적마제, 그리고 혈마제 춘몽이다.

적마제가 옥마제에게 어서 달려나가 천검신문 문주를 도우라고 하는데도 옥마제는 선뜻 나서지 않고 복잡한 표정만 짓고 있다.

[저놈 제법인데? 극빙장을 마음대로 뿜어내고 있잖아? 더구나 낙성북두검법이 아주 완벽해. 혼자서 잘 버틸 수 있을 것 같군.]

옥마제는 손으로 턱을 쓰다듬으며 고개를 끄덕였다.

그러다가 상체를 앞으로 숙이면서 눈을 크게 뜨며 다급한
표정을 지었다.

[저, 저렇게 땅바닥에 구르면 안 되는데… 저놈 그런 것도
모르다니, 멍청이 아냐?]

옥마제 못지않게 초조한 표정을 짓고 있던 적마제가 한마
디 거들었다.

[저대로 놔뒀다간 다섯을 세기도 전에 시체조차 찾지 못하
게 될 거야. 도우려거든 더 늦기 전에 지금 당장 뛰어나가야
할 걸세.]

[서두르세요, 가가. 천검신문 문주를 돕기로 작정했으면 지
금이 기회예요. 어차피 배를 갈아타기로 했으면 선주(船主)의
목숨을 구하는 게 장땡 아닌가요?]

혈마제 춘몽까지도 조급한 표정으로 거들었다.

[그렇기는 하지만…….]

[자네가 하지 않겠다면 나라도 나서겠네. 춘몽, 너는 어쩌
겠느냐?]

적마제가 궁둥이를 들썩이며 춘몽을 쳐다보았다.

[소매는 가가께서 결정을 하셔야…….]

옥마제에게 목을 매고 있는 춘몽은 즉시 결정을 내리지 못
했다.

관도가 한눈에 보이는 숲속의 우거진 덩굴 뒤에 숨어 있는
세 사람의 전음이 분주하게 오갔다.

얼마 전까지만 해도 이들 세 명은 혈룡궁주가 삼황사벌의 융황과 전격적으로 손을 잡았다는 사실 때문에 모여서 한동안 불만을 터뜨리면서 의논을 하다가 속에서 천불이 치밀어올라 술을 마시기 시작했었다.

그때 장원에 은둔해 있던 혈룡궁의 고수들이 한꺼번에 어디론가 떠나는 것을 감지하고는 그들이 무슨 일을 꾸미는지 궁금해서 몰래 뒤를 따라온 것이다.

그런데 그들이 설마 천검신문의 문주인 낙성검가의 차남 유영을 죽이려는 것인 줄은 몰랐다.

옥마제는 몇 달 전에 거리에서 기개세가 급습을 당하는 것을 직접 목격하고는 그때부터 그가 천검신문의 문주라고 확신했다.

옥마제는 적마제와 혈마제가 하는 말이 다 맞는다고 생각하면서도 선뜻 나서지 못했다.

얼마 전까지만 해도 자신이 죽이려고 혈안이 됐던 천검신문 문주를 이제는 도와야 한다는 현실이 머리로는 납득이 되지만 아직 마음으로 인정되지 않았다. 그는 보기보다는 표리부동한 사람이 아니다.

그때 무엇인가를 발견한 세 사람의 눈이 동시에 커졌다.

[뭐, 뭐야, 저거?]

관도에서는 천검신문 문주가 땅바닥을 구르면서 위기상황에 처해 있는 중이다.

그런데 바로 그때 반대편 숲에서 최고급 비단옷을 입은 여자가 검을 움켜쥐고 뛰쳐나와 흑의인들, 즉 혈룡궁의 혈룡고수들 배후를 날카롭게 공격하기 시작한 것이다.

'저 여자는?'

옥마제의 두 눈이 화둥잔처럼 커졌다.

그는 눈을 껌뻑이며 재차 여자의 모습을 확인했다. 그러고는 자신이 생각하는 그녀가 틀림없다고 판단했다.

순간 그의 콧구멍에서 뜨거운 콧김이 뿜어졌다.

[가자!]

그러고는 적마제와 춘몽의 반응을 기다리지도 않고 곧장 격전장을 향해 쏘아갔다.

쏘아가는 그의 콧김이 더욱 뜨겁고 거세졌다.

'으흐흥! 기다려요, 내 사랑!'

# 第六十八章

적대적 동지

대사부

언제나 천하태평인 기개세지만 이 순간만은 그러지 못했다.

'이런 염병할! 이제 정말 끝장이란 말인가?'

그는 속으로 욕설을 퍼부었다. 위급한 상황이 되니까 욕이 자꾸만 터져 나왔다.

그런데 바로 그 순간 텅 비어 있던 그의 머릿속에 거짓말처럼 한 여자의 모습이 가득 들어찼다.

'군아.'

바로 소옥군의 모습이다. 정말 너무도 오랫동안 보지 못한 그녀의 모습이 죽음을 앞둔 상황에 어째서 머릿속을 가득 채 우는 것인지 모를 일이다.

구르는 것을 멈추지 못한 기개세는 곧 자신의 온몸을 여러 자루의 도검이 마구잡이로 찌르고 벨 것이라 여기고 눈을 질끈 감았다.

파파팍!

"흐악!"

"크악!"

그런데 구르고 있는 그의 몸이 멈추기도 전에 바로 그의 머리 위에서 몇 마디의 처절한 비명성이 어지럽게 와르르 터져 나왔다.

그는 두 팔을 급히 양쪽으로 뻗어서 멈추려고 하였다. 그런데도 굴러가는 속도 때문에 반 장이나 더 미끄러진 후에야 겨우 정지했다. 순간 그는 다급히 비명이 들려온 곳을 쳐다보았다.

"……!"

그 순간 그의 두 눈이 화등잔처럼 휘둥그렇게 떠졌다.

그의 눈에 무지개와 구름무늬가 수놓인 화려한 상의와 운금상을 입은 아름다운 여인이 마치 한 마리 공작새가 너울너울 춤을 추듯이 검을 휘둘러 혈룡고수들을 베고 있는 광경이 가득 들어왔다.

그 덕분에 기개세는 온몸이 난도질당할 뻔한 상황에서 벗어난 것이다.

"장모님!"

기개세는 반색을 하며 튕기듯 벌떡 일어나며 기쁨의 외침을 터뜨렸다.

기개세를 죽음 직전에서 극적으로 구해준 사람은 다름 아닌 소효령이다.

그녀는 낙성검가에서부터 먼발치에서 몰래 기개세를 따라왔다가 그가 협공을 당하는 것을 발견하고 앞뒤 가릴 것 없이 무조건 도우려고 뛰어든 것이다.

그가 천검신문의 문주라서가 아니고, 딸이 사랑하는 사람이기 때문도 아니다.

그저 맹목적으로 그를 살려야 한다는 마음이 솟구쳤을 뿐이다. 그 이유는 기개세가 자신이 숨죽여서 몰래 사랑하는 남자이기 때문이다. 그를 위해서라면 싸우다가 죽게 되는 것도 두렵지 않았다.

기개세의 '장모님' 이라는 기쁨에 찬 외침을 듣는 순간, 소효령은 그 호칭이 '장모' 라는 것은 생각하지도 않고 그저 무작정 기뻤다.

그래서 자신이 그를 살리려고 뛰어든 것이 정말 잘했다는 생각이 들었다.

그러나 기개세와 소효령은 재회의 기쁨을 나누지 못했다. 그 둘 사이를 혈룡고수들이 즉시 가로막았기 때문이다.

아니, 혈룡고수들은 기개세와 소효령을 각기 따로 공격하기 시작했다.

소효령은 절강성에서도 손꼽히는 명문인 운예문의 문주, 즉 일파의 지존이다.

언젠가 절강무림을 대표하는 실력있는 고수 이십 인에 뽑히기도 했을 정도다.

그 정도 실력의 소효령이 귀신처럼 접근하여 배후에서 급습을 가했으니 혈룡고수들의 피해는 클 수밖에 없다.

순식간에 여섯 명이 죽고 두 명이 중상을 입은 채 쓰러졌다. 경황 중이라서 그녀가 서두르지 않았으면 적을 중상 입히는 실수 따위는 저지르지 않았을 것이다.

그러나 그녀가 순식간에 혈룡고수를 여덟 명이나 쓰러뜨릴 수 있었던 이유는 어디까지나 배후에서 급습을 했기 때문에 가능했다.

만약 정식으로 싸운다면 소효령은 혈룡고수 네다섯 명과 팽팽하게 맞수를 이룰 것이다.

"이놈들이! 비켜라!"

기개세는 자신과 소효령 사이를 가로막은 혈룡고수들을 향해 극빙장을 발출했다.

천옥신장으로 뿜어지는 극빙장은 빛과 같은 빠르기여서 혈룡고수 두 명이 뻔히 보면서도 고스란히 적중당했다.

퍼퍽!

그러나 그 순간 전면의 혈룡고수들이 재빨리 좌우로 사라

지면서 또다시 기개세의 배후에서 혈룡고수들의 공격이 퍼부
어졌다.

쐐애액!

패액!

돌아서기는 늦었고, 다시 땅바닥에 구르면 위험을 자초하
게 되는 악순환의 연속이다.

기개세는 또다시 그런 상황에 처하자 겁을 먹거나 당황하
기보다는 화가 치밀었다.

그러나 세상의 어떤 일이든 분노로 해결할 수 있는 일은 없
다. 위급한 상황에 화를 내면 더 큰 화를 자초할 뿐이다.

그는 어쩔 수 없이 다시 땅바닥으로 몸을 날렸다. 서 있다
가 죽을 수는 없는 노릇이다.

'그렇지! 천진음파!'

그런데 땅을 향해 몸을 날린 순간 퍼뜩 뇌리를 스치는 것이
있다.

그는 몸이 땅에 닿기 전에 재빨리 혈룡고수들을 쳐다보며
입을 벙긋거렸다.

능소지 연공실에서 셀 수도 없이 많은 밤을 지새우면서 연
마했던 천진음파다.

순간 무음, 무형의 기운 두 줄기가 폭발하듯이 쏘아 나가
혈룡고수 두 명의 복부와 가슴을 관통했다.

퍽! 퍽!

　연공실 사방에 세워놓은 철인에 두 푼 깊이의 흔적을 만드는 천진음파의 무음기공이 뼈와 살로 이루어진 사람의 몸에 적중되었으니 어떤 결과가 나올 것이라는 것은 자명하다.

　겨우 손톱만 한 작은 구멍이 혈룡고수의 복부와 가슴을 관통하여 등 뒤로 빠져나갔으나, 인간은 그 정도의 구멍으로도 충분히 죽는다.

　하지만 한꺼번에 공격해 오는 혈룡고수는 십오륙 명이나 되는데, 그중에 두 명이 상체가 뒤로 확 젖혀지면서 튕겨졌을 뿐이다.

　큰 솥에서 죽 두 그릇을 퍼낸 정도라서 위험에서 벗어나는 것은 어림도 없다.

　기개세가 땅바닥으로 몸을 날리면서 천진음파의 무음기공을 연속적으로 두 번이나 발출한 것은 그로서는 사력을 다했으며, 처음 시도해 본 것이었다. 그 이상은 무리다.

　소효령은 십여 명 이상의 혈룡고수들에게 협공을 당하고 있어서 기개세를 도울 수 있는 처지가 못 된다.

　아니, 오히려 그녀가 위기에 처해 있는 상황이 돼버려서 필사적으로 검을 휘두르며 악전고투하고 있는 중이었다.

　땅바닥에 엎어진 기개세는 자신을 향해서 쏟아지는 도검의 소나기를 보면서 얼굴이 일그러졌다.

　그때 문득 천진음파의 마지막 초식이 번뜩 생각났다.

　'천신후(天神吼)다!'

그것은 불가(佛家)의 사자후(獅子吼)와 비슷하다. 하지만 완성했을 때의 위력은 사자후를 훨씬 능가한다.

사자후는 석가모니의 설법이며, 그 소리를 들은 보살들은 더욱 정진 수행하지만 악마들은 격퇴되고 만다.

천신록에는 이백오십 년 공력이 있어야 천신후를 완성할 수 있다고 기록되어 있었다.

하지만 기개세는 호기심에 며칠 연마하다가 자신의 능력으로는 도저히 불가능하다고 여겨 그만두고 말았다.

그것을 지금 같은 절체절명의 순간에 자신의 목숨을 걸고 전개해 보려는 것이다.

그것 외에는 다른 방법이 없다. 만약 천신후가 통하지 않는다면 그것으로 끝장이다.

콰아앗!

기개세는 도검이 그물처럼 허공을 덮은 채 자신의 온몸으로 쏟아져 내리는 것을 두 눈을 똑바로 뜨고 쏘아보면서 단전으로부터 모든 공력을 인후로 끌어올렸다.

다음 순간 그는 자신의 오장육부를 쏟아내듯 입을 크게 벌리며 우렁차게 외쳤다.

"천(天)—!!"

성공할 가능성은 희박하지만, 그는 사력을 다해서 천신후를 전개했다.

"……"

그는 엎드린 자세에서 고개만을 돌려 혈룡고수들을 보면서 눈을 크게 떴다.

방금까지만 해도 공격을 퍼붓던 혈룡고수들이 마치 몹시 술에 취한 듯이 비틀거리고 있는 것이 아닌가.

천신후는 공력을 소리, 즉 음파(音波)로 변환시켜서 적을 제압하는 무공이다.

완벽한 천신후가 전개되면 적은 혈맥이 파열되어 즉사하고 만다.

그런데 지금 혈룡고수들의 반응은 혈맥이 파열되는 것까지는 아니고, 기혈이 들끓고 있는 정도다.

'먹혀든 건가?'

그는 내심 반색했다. 혈룡고수들의 모습을 보니 자신의 어줍지 않은 천신후가 제법 쓸모가 있는 것 같았다.

더구나 가장 가까이에 있던 몇 명의 혈룡고수는 코에서 실처럼 가느다란 코피를 흘리고 있었다.

'이것 봐라?'

지금 혈룡고수들을 공격한다면 손쉽게 타작을 할 수 있을 것이라는 생각이 들었다.

기개세는 내심 쾌재를 부르며 벌떡 일어섰다.

'에구구.'

그런데 일어서려는 것은 그의 마음일 뿐 몸은 전혀 말을 듣지 않았다. 마치 온몸이 잔뜩 물을 먹은 솜처럼 무기력하고 무거웠다.

'어떻게 된 거야, 이거?'

그러나 의문은 길지 않았다. 단 한 번의 천신후를 전개하는 데 전 공력을 쏟아냈기 때문에 일시적으로 기력이 탈진한 상태가 돼버린 것이라는 사실을 곧 깨달았다.

'으으… 이런 우라질……'

나오는 것은 욕뿐이다. 뭐가 좀 풀리는가 싶으면 그다음에 곧장 엉망이 되고 마는 것인지 도대체 모를 일이다.

천신후를 가장 가까이에서 당해 코에서 피를 흘리는 대여섯 명의 혈룡고수는 뒤쪽으로 물러나 땅바닥에 주저앉아 운공조식을 시작했다.

하지만 다른 혈룡고수들은 한동안 비틀거리다가 정신을 차리고는 다시 기개세를 향해 다가들었다.

위험에서 간신히 벗어났는가 싶으면 또다시 위험이 닥치고, 또 그것을 겨우 모면했는가 하면 기다렸다는 듯이 새로운 위험이 들이닥치는 상황이다.

그렇지 않아도 간당간당하는 상황에 공력까지 깡그리 사라져 버렸으니 기개세는 속이 탈 대로 타는 중이다.

어떻게든 공력을 빨리 회복해야 하는데, 그러려면 어떻게 해야 하는지도 모르고 있다. 천신후를 한 번도 제대로 전개해 본 적이 없기 때문이다.

지금이야말로 그가 이곳에서 공격을 받은 이후 최악의 상황이라고 할 수 있다.

　'젠장, 이럴 줄 알았으면 천신후를 전개하는 것이 아닌데……'

　하지만 천신후를 전개하지 않았으면 그는 이미 죽은 목숨이 됐을 것이다.

　그는 땅바닥에서 겨우 일어나 앉아 초점없는 흐릿한 눈으로 자신을 향해 몰려오고 있는 혈룡고수들을 쳐다보았다.

　'이런 것이 진짜 싸움이로구나.'

　자신의 목숨이 바람 앞에 촛불 같은 신세인데도 그런 생각이 들었다.

　혈룡고수들은 점점 가까이 저돌적으로 다가왔다.

　'산다는 것이 참 별것 아니로군.'

　조금 전 위기 때에는 어떤 대가를 치르더라도 살겠다고 아등바등했는데, 지금은 오히려 초연해졌다.

　왼손에 쥐고 있는 절대신검이 만 근의 무게 같아서 아예 땅에 내려놓았다.

　'에라, 될 대로 돼라.'

　앉아 있는 것조차 힘들어서 급기야 그는 뒤로 벌러덩 누워버렸다.

　그러니까 정말 편했다. 더구나 밤하늘에 은가루를 뿌려놓은 듯한 무수한 별들이 너무도 아름다웠다.

　휘익! 쉭!

그때 누워 있는 그의 몸 위로 세 줄기 인영이 흐릿하게 스쳐 지나갔다.

그러더니 그들이 간 방향에서 마구잡이 비명이 터져 나오기 시작했다.

"흐악!"

"크악!"

별들을 구경하던 기개세는 느릿하게 그쪽으로 고개를 돌리며 속으로 중얼거렸다.

'뭐야?

그는 많은 혈룡고수들 속에서 이리저리 날뛰면서 닥치는 대로 주살하고 있는 세 사람을 발견했다.

혈룡고수들을 죽이는 것으로 봐서는 자신을 돕는 것이 분명한데 기개세로서는 생전 처음 보는 얼굴들이다.

천검사호문의 고수들은 아닌 듯했다. 입고 있는 복장이 다르다.

그가 멀뚱거리면서 쳐다보고 있는데, 혈룡고수들을 주살하고 있는 세 사람 중에 한 명이 그를 힐끗 쳐다보며 버럭 노성을 터뜨렸다.

"멍청한 놈아! 어서 기운을 차려라!"

그는 다름 아닌 옥마제인데, 기개세가 사자후를 터뜨리고는 기력이 고갈됐다는 사실을 직감한 것이다.

그제야 기개세는 아! 하는 표정을 짓고는 몸을 일으켜 앉고는 운공조식의 자세를 취했다.

하지만 구태여 운공조식을 할 필요는 없었다. 왜냐하면 어느새 평소의 공력이 다시 회복되었기 때문이다.

그런 지옥 같은 경험을 하고 나서야 그는 완벽하지 않은 상태에서 천신후를 한차례 전개하고 나면 열 호흡쯤 지나야 원상회복된다는 사실을 알게 되었다.

그는 벌떡 일어나 옥마제 등을 향해 외쳤다.

"당신들은 누굽니까?"

그러자 옥마제는 맹렬하게 수중의 검을 휘두르며 화를 벌컥 냈다.

"이놈아! 기운 차렸으면 어서 네 장모나 도와라!"

기개세가 흠칫 놀라 소효령 쪽을 쳐다보자 그녀는 혈룡고수들에게 둘러싸여 사면초가의 위기에 처해 있었다.

"이놈들이 감히 장모님을!"

그는 노성을 터뜨리며 왼손으로는 절대신검으로 북두검법을 전개하고, 오른손으로는 천옥신장으로 극빙장을 발출하면서 한 마리 맹호처럼 덮쳐 갔다.

퍼퍽!

촤아악!

극빙장과 절대신검이 단숨에 세 명의 혈룡고수를 불귀의 객으로 만들어 버렸다.

"장모님! 괜찮으십니까?"

그 사이에 그는 고군분투하고 있던 소효령 옆으로 다가가 급히 물었다.

소옥군에게 버림받은 처지면서도 그녀의 어머니인 소효령에게 잘도 '장모'라고 부르고 있다.

소효령은 필사적으로 검을 휘두르느라 대답할 겨를이 없었다. 하지만 기개세가 순식간에 혈룡고수 몇을 죽이고 곁으로 와주니까 감격에 겨워서 가슴이 뭉클했다.

또한 그의 오른손에서 투명한 광채가 번뜩이는 순간 혈룡고수들이 무언가에 적중되어 조각조각 박살 나는 것을 보고 놀라움을 금하지 못했다.

기개세가 절대신검을 휘두르면서 재빨리 소효령을 살펴보니 어깨와 가슴, 옆구리, 허벅지에 베이고 찔린 상처가 네 군데나 되고 자잘한 상처는 더 많았다.

그는 마치 소옥군이 상처를 입은 것처럼 가슴이 찢어지는 아픔을 느꼈다.

더구나 자신을 구하려고 뛰어든 그녀에게 그는 도움의 손길조차 뻗치지 못했기에 더욱 마음이 아팠다.

"악!"

그때 소효령이 뾰족한 비명을 지르며 상체가 앞으로 확 굽혀졌다.

"장모님!"

기개세가 놀라서 심장이 튀어나올 듯한 비명을 지르며 쳐다보니까 혈룡고수 한 명이 막 소효령의 뒤쪽 어깨를 베고 물러나고 있는 것이 보였다.

“이 자식!”

퍼억!

기개세는 두 눈에 쌍심지를 돋우며 극빙장을 발출하여 그 혈룡고수의 머리통을 박살 내버렸다.

“괜찮으십니까?”

이어서 그는 절대신검을 오른손으로 잡고 왼팔로 소효령의 가느다란 허리를 안으면서 그녀의 상처를 살피며 초조하게 물었다.

“아… 괜찮아요.”

소효령은 입으로는 괜찮다고 하면서도 온몸에 힘이 쭉 빠져서 쓰러지듯이 기개세의 품에 안겼다.

기개세가 살펴보니 다행히 상처는 깊지 않았다.

소효령은 그보다 훨씬 깊은 상처를 네 군데나 입었을 때에는 신음 소리조차 흘리지 않았고 끄떡없이 싸웠었다.

그런데 지금은 가벼운 상처인데도 이상하게 더 아프고 힘이 빠지는 것 같았다.

기개세가 옆에 있기 때문이다. 사랑하는 사람에게 의지하려는 마음이 그녀도 모르는 사이에 작용하고 있는 것이다.

하지만 그런 호사를 누리는 것도 잠깐 동안이다. 급박한 현실이 용납하지 않았다.

기개세가 뛰어드는 바람에 잠시 주춤했던 혈룡고수들이 다시 공격을 개시한 것이다.

조금 전에 소효령을 공격할 때보다 더 많은 혈룡고수들이 여태까지보다 훨씬 더 맹렬하게 공격을 퍼부었다.

수가 아무리 많다고 해도 많은 인원이 한두 명을 한꺼번에 공격할 수는 없다. 공격을 하는 데에는 그만한 공간이 확보되어야 하기 때문이다.

그런데 이제는 뒷전에서 포위망을 형성하고 있던 혈룡고수 모두가 기개세와 소효령, 그리고 옥마제 일행을 협공하기 시작했다.

"놓으세요."

상황이 급변하자 소효령은 급히 기개세의 품에서 벗어나며 자신의 허리를 감고 있는 그의 팔을 풀고 수중의 검을 휘두르면서 반격을 시작했다.

마음 같아서는 기개세의 품에 언제까지나 안겨 있고 싶었지만, 그랬다가는 두 사람이 함께 저승으로 갈 것이 분명하다.

소효령과 자신을 구하는 길은 혈룡고수들을 모조리 죽이는 것뿐이라는 사실을 깨달은 기개세는 절대신검을 다시 왼손으로 옮겨 잡으며 전력을 다해 북두검법과 극빙장을 전개하기 시작했다.

쐐애액! 쐐액!

콰콰우웃!

삼십여 명의 혈룡고수들이 기개세와 소효령을 에워싼 채 빠르게 왼쪽으로 회전하면서 한꺼번에, 그리고 연속적으로 쏟아내는 공격은 대단한 위력을 발휘했다.

그것은 일종의 차륜공(車輪攻)인데, 각자 따로 공격할 때보다 몇 배나 더 큰 위력을 쏟아내고 있었다.

기개세는 정신을 바짝 차리고 왼손으로는 북두검법을, 그리고 오른손으로는 극빙장을 발출하고 있었지만, 워낙 많은 적이 빠르게 회전하면서 공격하자 애를 먹고 있는 중이다.

예컨대, 그가 자신을 향해서 막 공격을 퍼붓고 있는 혈룡고수를 향해 극빙장을 발출하려고 하면, 그자는 이미 왼쪽으로 스쳐 지나고 그다음 혈룡고수가 공격을 해온다.

그래서 그자를 겨냥하면 어느새 그다음 혈룡고수의 공격이 쇄도하는 형국이었다.

더욱 기개세를 어렵게 만드는 것은 혈룡고수들이 똑같은 방위와 자세에서 공격하지 않는다는 점이다.

그렇기 때문에 극빙장을 발출하려다가 표적이 스쳐 지나가면 다음 표적을 맞히려고 다시 겨냥을 해야 하는 것이다.

그의 극빙장이 간혹 혈룡고수를 맞히기도 하지만 허공으로 빗나가는 경우가 점차 더 많아지고 있다.

혈룡고수들은 이런 싸움에 대비하여 강도 높은 훈련을 해온 것이 분명하다.

싸우다 보니까 기개세와 소효령은 자연스럽게 서로 등을 맞댄 자세가 되었다.

그래서 두 사람의 등과 엉덩이가 자주 맞부딪치고 때로는 붙고 또 비비는 상태가 되기도 했다.

기개세는 아무렇지도 않았으나 그것 때문에 소효령은 정신을 집중하기가 어려웠다.

예전에 자신이 무엇인가에 중독되어 사경을 헤매고 있을 때 알몸을 만들어놓은 채 기개세가 치료를 했던 일이 자꾸만 떠올라서 얼굴이 화끈거렸다.

'여차하면 목숨을 잃을지도 모르는 상황에서 이게 무슨 망상이란 말인가.'

그녀는 입술을 힘껏 깨물면서 싸우는 것에 정신을 집중하려고 애썼다.

기개세는 소효령 덕분에 배후를 걱정하지 않아도 되는 상황이라서 싸우기가 훨씬 수월했다.

또한 혈룡고수들은 소효령 때문에 기개세의 배후를 공격할 수 없게 되자 계속해서 차륜공을 전개하면서 허점이 생기도록 더욱 거센 공격을 퍼부었다.

기개세 쪽도, 혈룡고수들 쪽도 돌파구가 없는 소모전이 지속되고 있었다.

반면에 옥마제 일행은 혈룡고수들을 무차별 주살하고 있다.

혈룡고수들이 어떤 공격을 가해도 옥마제 일행에게는 통하지 않았다.

같은 혈룡궁 출신이라서 초식과 공격 수법을 뻔히 알고 있는 옥마제 일행에게 먹힐 리가 없는 것이다.

또한 옥마제 일행은 각자는 기개세나 소효령보다 고강하기 때문에 싸움의 양상이 다를 수밖에 없다.

그때 옥마제 일행이 싸우고 있는 쪽에서 누군가의 처절한 부르짖음이 터져 나왔다.

"세 분 마제(魔帝)님! 대체 왜 이러시는 겁니까?"

"수하들을 죽이다니, 설마 혈룡궁을 배신하는 것입니까?"

그 소리에 기개세와 소효령은 가볍게 놀란 얼굴로 그 쪽을 쳐다보았다.

'혈룡궁?

그러자 옥마제는 혈룡고수 한 명의 심장을 검으로 깊숙이 찌르고 나서 쩌렁하게 외쳤다.

"이놈들아! 살고 싶으면 지금 즉시 물러나라! 안 그러면 모조리 죽여 버리겠다!"

그러나 혈룡고수들은 추호도 물러설 기미를 보이지 않고 오히려 더 악착같이 옥마제 일행을 공격했다.

삐이익—!

그때 숲속 어디에선가 날카롭고 긴 호각 소리가 터져 나와 밤하늘에 울려 퍼졌다.

다음 순간 혈룡고수 전체가 관도 양쪽 숲을 향해 몸을 날려 썰물처럼 물러나는가 싶더니 순식간에 사라졌다.

옥마제 등은 숲속 어딘가에서 이곳의 상황을 예의 지켜보고 있던 혈룡고수들의 우두머리가 그들을 철수시킨 것이라고 짐작했다.

그 우두머리는 혈룡십마제 중 한 명인 도마제(刀魔帝)이며, 얼마 전까지만 해도 옥마제, 적마제, 춘몽하고는 동료 사이였다.

아니, 그는 방금 전까지만 해도 자신과 옥마제 등이 동료라고 믿고 있었다.

원래 혈룡고수들이 낙성검가를 감시하고 있었는데, 천검신문 문주 천문주가 호위도 없이 혼자서 몰래 장원을 빠져나와 어디론가 가는 광경을 발견했다.

혈룡고수들은 그 사실을 혈룡십마제가 묵고 있는 장원에 알렸고, 그 즉시 도마제가 백 명의 혈룡고수를 이끌고 천문주를 죽이러 나선 것이다.

천문주가 아직 어린데다 대정생도이기 때문에 도마제와 백 명의 혈룡고수로 능히 죽일 수 있을 것이라 확신했다.

그런데 천문주의 무위(武威)가 예상 밖으로 고강했다.

그런데다가 소효령이 나타나서 돕는가 싶더니, 그다음에는 옥마제와 적마제, 혈마제 세 명의 마제가 느닷없이 나타나서 혈룡고수들을 무차별 죽이는 것이 아닌가.

짧은 시간 동안 도마제는 고민에 빠졌다.

옥마제 등이 무엇 때문에 저러는 것인가, 도마제 자신이 나서서 그들에게 이유를 따져 물어야 하는 것인가, 아니면 그들과 맞서 싸워야 하는가, 철수를 할 것인가.

고민 끝에 결국 그는 철수를 선택했다. 옥마제 등에게 왜 그러는 것인지 이유를 물으려는 것과 맞서 싸우는 것은 여의치 않다고 판단한 것이다.


한바탕 싸움이 끝난 관도에는 혈룡고수들의 시체 이십여 구가 여기저기 어지럽게 흩어져 있었다.

또한 기개세의 극빙장에 당하여 박살 난 시체들은 크고 작은 얼음조각으로 화해서 흩어져 있다.

"조경오! 네가 혈룡궁의 옥마제였느냐?"

소효령은 서슬이 시퍼레서 옥마제에게 쏘아붙였다.

당황한 옥마제는 두 손을 저었다.

"령매, 내가 옥마제인 것은 맞지만 지금은 혈룡궁하고는 관계를 끊은 상태요."

"이놈! 어째서 나를 령매라고 부르느냐?"

휘잉!

소효령은 발끈하여 다짜고짜 옥마제에게 일장을 뿜어냈다.

이들은 관도상에 있는데, 기개세와 소효령이 나란히 서 있고 그 앞에 옥마제와 적마제, 춘몽이 마주보면서 나란히 서 있었다.

소효령과 옥마제는 불과 반 장 거리에 서 있고, 더구나 그녀가 발출한 것은 저 유명한 운예문의 홍예장이다.

십성까지 터득하면 이 장 거리의 단단한 바위에 세 치 깊이의 장인을 새긴다는 홍예장을 현재 소효령은 칠성까지 익힌 상태다.

일 장 거리의 바위에 세 치 깊이의 손바닥 자국을 새길 수 있는 실력을 지녔다는 뜻이다.

옥마제는 움찔 놀랐으나 피하려고 하지 않고 그 자리에서 미동도 하지 않았다.

너무 가까운 거리라 피한다고 해서 피할 수 있는 것이 아니지만, 그는 피하려는 시늉조차 하지 않았다.

다만 더없이 착잡한 표정으로 소효령을 똑바로 주시하고 있을 뿐이다.

퍽!

"크윽!"

결국 그는 가슴 한복판에 홍예장을 고스란히 적중당하고 뒤로 주르르 일 장이나 밀려가 땅에 털썩 주저앉았다.

갑자기 출수하는 바람에 소효령이 전력으로 발출하지 않았으나, 바위를 깨뜨리는 장력에 적중된 옥마제가 무사할 리는 없다.

"가가!"

춘몽이 울부짖듯이 옥마제에게 달려가 부둥켜안았다.

옥마제는 입에서 검붉은 핏덩이를 울컥울컥 토해내면서 춘몽을 뿌리치며 힘겹게 일어섰다. 가볍지 않은 내상을 입은 것이 분명했다.

그러나 그는 소효령에게 쓰러질 듯이 비틀거리면서 걸어가며 처연한 표정으로 말했다.

"으음… 나는 문주에게 해를 입힌 적이 없거늘 어째서 다짜고짜 출수를 하는 것이오?"

그는 '령매' 라는 호칭을 '문주' 로 고쳐서 불렀다. 괜한 시빗거리를 만들고 싶지 않았기 때문이다.

소효령은 더욱 싸늘하게 꾸짖었다.

"너는 마도인이다. 정파인과 마도인이 양립할 수 없음을 모른다는 것이냐?"

소효령의 세 걸음 앞에 멈춘 옥마제는 씁쓸한 표정으로 고개를 가로저었다.

"지금은 태평성대외다. 정파인과 마도인이 서로 싸우지 않고 평화롭게 공존하는 시대라는 말이오."

확실히 그의 말이 맞다.

지금으로부터 삼백팔 년 전, 이 땅에 무림이 생겨난 이래로 가장 막강해진 마도가 천하를 제패하기 위해서 한바탕 대혈풍을 일으켰었다.

그러나 천하를 거의 장악하기 직전에 마도는 혜성처럼 출현한 천검신문에 의해서 거의 몰살당하기 직전의 상황까지 처하고 말았다.

그러나 마도의 잔존 세력은 전대 천검신문 태문주인 절대검황에게 '이 땅에 천검신문이 존재하는 한 절대로 천하제패를 꿈꾸지 않겠다'고 철석같이 약속을 하고 겨우 살아남을 수가 있었다.

그 당시에 살아남은 다섯 개의 마도 무리가 뿔뿔이 흩어졌다가 다섯 지역에서 세력을 일으킨 것이 바로 훗날의 마도오세다.

이후 마도오세는 절대검황과의 약속을 굳게 지켰으며, 오늘날까지 정파하고는 단 한 차례의 충돌도 벌이지 않았다.

물론 정파인과 마도인 개인끼리의 사사로운 싸움이야 심심치 않게 발생했지만, 방, 문파 간의 싸움으로 비약된 적은 없었다.

옥마제의 항의는 맞는 말이지만, 물러설 소효령이 아니다.

"그렇다면 너는 이곳 낙양성에 무슨 일로 왔느냐?"

옥마제는 씁쓸한 표정으로 대답을 하지 못했다. 천검신문의 후계자가 출현했다는 정보를 입수하고는 그를 죽이기 위해서 왔기 때문이다.

소효령은 관도에 즐비하게 깔려 있는 혈룡고수들의 시체를 가리켰다.

"이놈들은 혈룡궁의 수하들, 즉 혈룡고수가 아니냐?"

그녀는 조금 전에 혈룡고수들이 옥마제 등에게 했던 말을 똑똑히 기억하고 있다.

소효령은 옆에 묵묵히 서 있는 기개세를 가리키면서 싸늘하게 옥마제를 쏘아보았다.

"이 사람은 대정생도인데 혈룡궁이 무엇 때문에 이 사람을 죽이려는 것이냐?"

그때 옥마제 옆에 서 있던 혈마제 춘몽이 느닷없이 오른손을 소효령을 향해 뻗으며 앙칼지게 소리쳤다.

"닥쳐라, 이년! 목을 내놔라!"

쉬이잉!

순간 그녀의 손에서 붉은 물체가 쏜살같이 뿜어 나갔다.

탁!

"그만둬!"

그때 옥마제가 춘몽의 팔을 재빨리 후려쳤다.

쉬이익!

붉은 물체는 소효령의 귓가를 아슬아슬하게 스쳐 지나 허공으로 곡선을 그으며 쏘아갔다.

"왜 말려요, 가가? 저년이 가가를 다치게 했잖아요!"

춘몽은 억울하다는 듯 볼멘 외침을 터뜨리면서 허공을 향해 오른손을 내밀었다.

척!

그러자 허공으로 쏘아 올라갔던 붉은 물체가 큰 원을 그리며 회전해서 다시 그녀의 수중에 가볍게 쥐어졌다.

기개세가 의아한 얼굴로 쳐다보니 그녀의 손 안에 나비의 날개 모양을 한 손바닥 절반 크기의 은빛 쇠붙이가 쥐어져 있는 것이 보였다.

날개의 양쪽이 칼날처럼 잘 벼려져 있어서 살짝 스치기만 해도 살이든 뼈든 그대로 잘라질 듯했다.

그것은 바로 혈마제 춘몽만의 성명 암기인 혈접비화(血蝶飛花)라는 것이다.

혈접비화는 은빛이지만 발출되는 순간 그녀가 공력을 주입하기 때문에 붉은 빛으로 변한다.

그녀가 배운 마공 때문에 피부색은 물론 공력마저도 붉은 기운을 품고 있다.

원래 그녀의 손에는 아무것도 없었지만 혈접비화는 소매 안쪽에 감춰져 있어서 아무 때나 마음만 먹으면 발출할 수가 있는 것이다.

만약 옥마제가 춘몽의 오른팔을 제때에 치지 않았으면 혈접비화가 소효령의 얼굴을 베거나 관통했을 것이다.

춘몽은 사랑하는 옥마제를 소효령이 내상을 입혔다는 사실 때문에 그녀를 죽이려고 했으나 실패로 돌아가자 입술을 삐죽이며 불만스러운 표정을 지었다. 하지만 옥마제를 원망하지는 않았다.

소효령은 자신의 일장에 내상을 입은 옥마제가 오히려 자신을 살렸음에도 불구하고 눈곱만큼도 고마운 마음을 품지 않았다.

그녀는 일전에 옥마제가 자신의 몸을 더듬으면서 농락했던 사실 때문에 그를 갈아 마셔도 시원치 않을 만큼 증오하고 있었다.

또한 자신이 중독됐던 것이 옥마제의 수작이었을 것이라고 지금도 철석같이 믿고 있었다.

소효령은 춘몽이 자신을 공격했다는 사실에 발끈 화가 치밀었다.

"네가 감히!"

그녀가 당장 홍예장을 발출할 듯 오른손을 치켜들자 춘몽도 지지 않고 턱을 빳빳이 세우며 당장이라도 혈접비화를 발출할 듯 두 눈에 독기를 품었다.

"해볼 테냐?"

기개세는 쓸데없는 싸움이 더 커지기 전에 자신이 나서야 할 때라고 생각했다.

그는 옥마제 등 세 사람을 향해 정중히 포권을 했다.

"세 분이 불초의 목숨을 구해주었으니 큰 은혜를 입었습니다. 정말 감사합니다."

옥마제와 적마제는 좀 의아한 얼굴로 기개세를 쳐다보았다.

그들은 천검신문의 문주를 죽이려고 기개세를 쫓아다니는 동안에 그의 성격이 천방지축이고 여자를 몹시 좋아하며 성격이 괴팍하다는 사실들을 두루 알게 되었다.

사실 그들은 기개세처럼 제멋대로인 괴짜를 예전에는 본 적이 없었다.

그런데 지금 기개세가 취하는 행동은 어디 한 군데 흠잡을 데라곤 없는 대정생도의 반듯한 모습이라서 일순 어리둥절해진 것이다.

정파인은 이따금 마도인을 구해주는 경우가 있으나, 마도인이 정파인의 목숨을 구해주는 경우는 극히 드물다.

그것에 대해서 기개세는 정파나 마도를 떠나서 옥마제 등을 단순히 은인으로 받아들여서 정중하게 예의를 취한 것이다.

그런데 옥마제는 인상을 쓰면서 삿대질을 하며 기개세를 꾸짖었다.

"너는 어째서 호위도 없이 늦은 밤에 혼자 돌아다니는 것이냐? 그러니까 이런 위험을 당하는 것이 아니냐?"

마도인이, 그것도 혈룡십마제의 한 명인 그가 천검신문 문주의 안전을 염려하다니, 누가 들으면 필경 그가 미쳤다고 할 것이다.

기개세는 옥마제와 적마제가 자신을 죽이려고 낙양성에 들어왔다는 것과 그들이 어디에서 묵고 있으며 무슨 일을 하는지를 천검사신위의 보고를 들어서 훤하게 알고 있었다.

그런 그들이 자신의 목숨을 구해주고 또 안위를 걱정해 주는 것이 이상하다는 생각이 들었으나 그들이 무슨 수작을 부리는 것 같지는 않았다.

소효령은 옥마제가 천검신문 문주에게 방자하게 구는 것이 마음에 들지 않았으나, 그가 기개세의 신분을 모르기 때문에 그러는 것이라고 생각하여 가만히 있었다.

"죄송합니다. 조심하겠습니다."

기개세는 옥마제가 이런 이상한 행동을 하는 데에는 무슨 이유가 있을 것이라 여기고 일단은 예의로 행동했다.

자신의 꾸지람에 기개세가 공손히 나오자 옥마제는 낮은 헛기침을 한차례 하고 나서는 낙양성 쪽 관도를 쳐다보며 말했다.

"혈룡궁 놈들이 또 몰려오면 골치 아파지니까 일단 자리를 뜨는 것이 좋겠다."

막상 그렇게 말을 해놓고 그는 약간 뜨악한 표정을 지었다. 갈 만한 곳이 마땅치 않기 때문이다.

게다가 이제는 돌아갈 곳마저 없어졌다는 것과 혈룡궁에게 쫓기는 신세가 됐다는 생각이 들어 울적해졌다.

기개세는 소효령과 옥마제가 다친 상태라서 그들을 쌍봉루로 데려가서 치료를 해야겠다고 생각했다.

"박주산채(薄酒山菜)라도 대접하고 싶은데 괜찮겠습니까?"

옥마제는 손사래를 쳤다.

"그런 것 말고 술이나 한잔하지."

지켜보던 소효령이 냉소를 쳤다.

"박주산채가 술 마시자는 뜻이다, 무식한 놈아."

옥마제는 혈룡십마제 중에서는 그나마 제일 똑똑하다고 자부하는 인물로서 평소에는 글줄깨나 읽은 흉내를 잘 내곤 했다.

그런데 소효령에게 무식하다고 면박을 당하니 얼굴이 벌게져서 헛웃음으로 눙쳤다.

"허허… 알고 있는데 재미있으라고 한 소리요."

# 第六十九章
삼마제(三魔帝)를 수하로

大郡夫
대사부

개봉성(開封城) 내 상국사(相國寺) 근처에는 고관대작이나 부호들의 장원이 밀집되어 있다.

그중에서도 단연 돋보이는 으리으리한 대장원의 현판에는 용사비등한 필체로 '정린장(征躪莊)' 이라고 적혀 있다.

때는 자정이 한 시진 반쯤 지난 간시(艮時:새벽 3시) 무렵.

정린장의 뒤쪽 인공 숲속에 하나의 공자묘(孔子廟)가 자리를 잡고 있다.

사실 공자묘는 지하로 통하는 입구다. 그 아래에는 몇 칸의 은밀한 지하 석실이 웅크리고 있다.

'드디어 성공이다!'

소랑은 너무 기쁜 나머지 외침이 터져 나오려는 것을 겨우 참았다.

그녀는 정린장 뒤쪽에 있는 숲속 공자묘 지하의 석실 안에 벌써 백 일 가까이 감금되어 있는 상태다.

아니, 그녀는 자신이 얼마나 오랫동안 이곳에 갇혀 있는지도 모르고 있다.

그녀가 갇혀 있는 석실 안 맞은편 벽에 작은 유등이 하나 켜져서 흐릿한 빛을 뿌리고 있을 뿐이어서 밤낮의 구분이 없기 때문이다.

백여 일 전. 그날도 그녀는 낙성검가의 골방에서 요선비절의 수법 중 하나인 투공잠행(透空潛行)을 연마하다가 너무 힘이 들어서 잠시 쉴 겸 대정숙으로 향했었다.

대정숙으로 간다고 해도 기개세를 볼 수는 없지만 그저 그와 가까운 곳에 있다는 사실만으로도 마음이 편해졌다.

소랑은 대정숙 전문에서 관도를 따라 백여 장쯤 동쪽으로 가다가 건너편에 위치한 주루로 찾아들었다.

그러고는 그곳 삼층 창가에 앉아서 하염없이 대정숙 담 안쪽을 바라보았다. 그 주루는 기개세가 그리울 때마다 그녀가 찾는 곳이었다.

대정숙의 담이 높기는 하지만 주루 삼층에 앉으면 담 안쪽이 어느 정도는 보인다.

하지만 기개세가 설명해 준 능소당이라는 곳은 인공 가산에 가로막혀서 전혀 보이지 않는다.

다만 능소당이 대정숙 내 어디쯤에 위치해 있는지 정도를 짐작하고 있을 뿐이다.

소랑은 망연히 대정숙 안을 응시하면서 얼마 전 외출 때 보았던 기개세의 마지막 모습을 떠올리면서 조금이나마 그리움을 달래고 있었다.

바로 그때 그녀는 이상한 것을 발견했다.

주루 창가에 앉아 있는 그녀의 오른쪽, 그러니까 서쪽 방향 하늘에서 반짝이는 한줄기 빛이 대정숙 안을 향해 몹시 빠른 속도로 쏘아들고 있었다.

잘못 보았나 싶어서 눈을 깜빡이는데, 같은 방향에서 또다시 조금 전과 같은 빛줄기가 쏘아왔다.

안력을 최대로 돋우어서 자세히 살펴보니, 그것은 하나의 금빛 화살이었으며 능소당 쪽을 향해서 쏘아가고 있었다.

그 순간 소랑은 뭔지 알 수 없는 불안감이 엄습했다. 그러고는 저 금빛 화살이 어쩌면 기개세를 해치려는 것일지도 모른다는 생각이 들었다.

거기까지 생각한 소랑은 그 즉시 주루를 나와 금빛 화살이 쏘아오고 있는 서쪽을 향해 전력으로 달려갔다.

그 후로도 금빛 화살은 한동안 계속 서쪽으로부터 쏘아 와서 그녀의 길잡이 역할을 해주었다.

그녀가 낙양성을 벗어나서 기루촌이 있는 양수하로 뻗은 관도를 달려가고 있을 즈음에 대정숙으로 쏘아가던 금빛 화살은 어느덧 멈추었다.

하지만 기왕에 내친걸음이라서 그녀는 멈추지 않고 계속 달려갔다.

그러다가 오 리쯤 더 갔을 때 맞은편에서 마주 달려오고 있는 한 명의 청삼청년을 발견했다.

비단으로 만든 청의를 입었고, 이마에 청색 영웅건을 질끈 묶었으며, 후리후리한 키에 구레나룻을 멋들어지게 기른 이십삼사 세 정도의 준수한 미청년이었다.

그런데 소랑은 까딱했으면 청삼청년을 그냥 무심코 지나칠 뻔했다.

만약 청년의 왼손에 쥐어져 있는 두 자 길이의 금빛 봉을 발견하지 못했다면 말이다.

금빛 봉을 보는 순간 그녀는 반사적으로 금빛 화살을 떠올렸다. 그리고 활을 접어서 봉으로 만들 수도 있다는 사실을 기억해 냈다.

청삼청년은 여유있는 모습과 동작으로 소랑을 스쳐 지나가면서 그녀를 향해 훈훈한 미소마저 짓는 여유를 보였다.

소랑은 청삼청년을 스쳐 지나자마자 그를 향해 슬쩍 손을 떨쳤다.

그 순간 무색, 무취, 무형의 한 방울 액(液)이 그녀의 손톱

밑에서 쏘아져 나갔다.

그 액은 날아가는 도중에 증발하면서 기체가 되어 청삼청년의 등을 덮은 옷자락에 살짝 묻었다.

그것은 다름 아닌 천일향각(千日香刻)이라는 것이다.

단 한 방울만 옷자락에 묻혀도 사람의 피부로 스며들어 천일 동안 지워지지 않는다. 그리고 그 향기는 오직 소랑만이 감지할 수 있다.

예전에 그녀는 천일향각을 기개세에게 묻혀서 그가 어디를 가더라도 찾아낼 수가 있었다.

청삼청년에게 천일향각을 묻힌 소랑은 더 이상 동쪽으로 가지 않고 멀찍이에서 그를 추적하기 시작했다.

그녀는 청삼청년이 대정숙을 향해서 금빛 화살을 쏜 장본인이라고 확신했다.

그렇게 해서 소랑이 당도한 곳이 이곳 개봉성의 정린장이라는 장원이었다.

그때 그녀는 다시 낙양성으로 되돌아가서 그 사실을 기개세에게 알렸어야만 했다.

그랬으면 무엇인가를 알아내려고 청삼청년이 잠들어 있는 방 안에 몰래 잠입하다가 그에게 발각되어 단 일 초식 만에 제압되는 일은 일어나지 않았을 것이다.

또한 이곳 지하 석실에 감금되어 청삼청년의 수하들에게 말로는 설명하기 어려울 정도로 지독한 고문을 당하지도 않았을 것이다.

고문을 하는 자들은 소랑이 누구며 무엇 때문에 청삼청년의 방에 잠입했느냐고 집중적으로 고문했지만 그녀의 대답은 언제나 똑같았다.

"나는 도둑일 뿐이고, 물건을 훔치려고 들어왔다."

그러면 또 지독한 고문이 가해졌으며, 소랑은 끝내는 견디지 못하고 매번 혼절을 하기 일쑤였다.

원래 독종인 그녀가 혼절을 할 정도라면 고문이 얼마나 가혹했을지 미루어 짐작할 수 있을 터이다.

그녀는 그렇게 백여 일 동안 죽지도 않고, 자신의 신분을 발설하지도 않은 채 끈질기게 버틴 것이다.

그녀는 하루의 절반 동안은 고문을 당하고 또 혼절한 상태로 보냈다.

그리고 나머지 절반은 오직 한 가지 일에만 사력을 다했다. 바로 무영투공을 연마하는 것이다.

그녀는 이곳에 감금되기 전까지도 낙성검가에서 무영투공을 연마하고 있었다.

어떻게 해서든 그것을 완성해야만 기개세 곁으로 갈 수 있기 때문에 거의 모든 시간을 무영투공을 연마하는 일에 쏟아 부었다.

　감금되기 전의 그녀는 무영투공을 팔성까지 터득한 상태였다. 하지만 그것으로는 불완전해서 대정숙에 잠입할 수가 없었다.

　그녀가 이곳에 갇혀서 필사적으로 무영투공을 연마하는 이유는 물론 탈출하기 위해서다.

　그녀는 청삼청년이 기개세를 해치려는 자일 것이라고 확신하고 있다.

　그녀는 불과 일 초식 만에 그에게 제압을 당했다. 변변하게 반항다운 반항조차 해보지도 못한 채, 또한 청삼청년이 어떤 수법을 사용했는지도 보지 못한 상황에서 어이없게 제압되고 만 것이다.

　그래서 그녀는 그자가 누구인지는 모르지만 평범한 인물은 아닐 것이며, 필경 기개세에게 큰 화를 미칠 것이라고 예상했다.

　그녀가 사력을 다해서 무영투공을 연마하는 이유는 자신이 살아나기 위해서가 아니다.

　기개세가 위험에 처해 있다는 사실을 한시바삐 알려야 한다는 일념, 오직 그것뿐이다.

　지성이면 감천이라고 했다. 그녀의 뼈를 깎는 고심혈성(苦心血誠)이 마침내 백여 일 만에 결실을 맺어 무영투공을 완성한 것이다.

　만약 낙성검가에 있었더라면 절대로 백여 일 만에 완성하지 못했을 것이다.

지금과 같은 위기 상황이 그녀의 마음을 더욱 절실하게 만들어 채찍질을 가했기에 가능했다.

'이제 기다리기만 하면 된다.'

소랑은 이를 뽀드득 갈며 속으로 중얼거렸다.

매일 동이 트기 전에 하루의 일과가 시작된다.

청삼청년의 수하 두 명이 고문을 하러 그녀가 갇힌 석실에 들어오는 것이다.

매일 반복되는, 그러나 지독한 고문이 한바탕 가해지고 그녀가 혼절을 하면 찬물을 뿌려서 그녀를 깨운 후에 하루에 한 끼뿐인 밥을 먹게 해준다.

놈들은 자신들이 직접 그녀에게 밥을 먹여주지는 않는다. 귀찮기 때문일 것이다.

그래서 그때만큼은 그녀의 양쪽 손목과 발목에 묶여 있는 수갑과 족쇄 중에서 수갑을 풀어준다. 그녀 스스로 밥을 먹으라는 뜻이다.

바로 그때 놈들을 공격하는 것이다. 단 일호의 실수라도 하는 날이면 모든 것이 물거품이 되고 만다.

철그렁.

소랑이 어금니를 악물고 몸에 힘을 주는 바람에 그녀의 손목과 발목을 묶고 있는 굵은 흑오강철(黑烏鋼鐵) 쇠사슬이 미약하게 흔들리면서 벽에 부딪쳐서 소리를 냈다.

희미한 유등의 불빛에 그녀의 모습이 흐릿하게 드러났다.

그녀는 붉은 옷을 입고 있다.

아니, 그것은 옷이 아니라 온몸에서 흘린 피가 말라붙은 모습이다.

머리 꼭대기에서부터 발끝까지 어디 한 군데 성한 곳이 없는 참혹한 몰골이다.

그녀를 고문한 자들은 인체의 어느 곳에 어떤 행위를 가해야만 가장 처절한 고통을 느끼는지 잘 알고 있다.

인체는 고통이 깊을수록 무감각해진다. 반대로 얕은 고통일수록 괴로워한다.

예를 들면 피부를 조각조각 베어내고 떼어내는 고문이 그런 종류다.

*　　　*　　　*

쌍봉루의 영업시간은 정해져 있지 않지만 대충 인시(寅時: 새벽 4시) 정도면 파장을 한다.

그런데 쌍봉루가 영업 마감을 하려고 분주하게 정리를 하고 있을 때 기개세 일행이 들이닥쳤다.

피곤에 지쳐서 잠자리에 들 준비를 하고 있던 가란과 설화 쌍봉은 기개세가 왔다는 전갈을 받고는 맨발에 잠옷 차림으로 뛰쳐나왔다.

그중에 화봉은 목욕을 하고 있다가 뛰어나왔기 때문에 몸이 흠뻑 젖었으며 커다란 비단 천으로 늘씬하고 풍만한 몸을 둘둘 감은 모습이었다.

세 여자는 울며불며 기쁨의 탄성을 터뜨리면서 한꺼번에 기개세에게 달려들어 끌어안고 만지고 입을 맞추느라 아우성을 피웠다.

이들 세 여자와 기개세가 벌거벗은 채 한 침상에서 자고 있는 모습을 보고 소옥군이 떠나갔기 때문에 기개세는 많은 반성을 했었다.

또한 그는 대정숙에서 정파인으로서의 수양을 닦아 새사람이 된 상태다.

그렇지만 세 여자가 달려와서 환성을 지르며 안기는 순간 그는 그런 것들을 까맣게 잊어버리고 예전의 무창성 기개세로 돌아갔다.

소효령과 옥마제 등은 그런 광경을 보면서 각기 다른 생각을 하고 있었다.

소효령은 묘한 질투심을 느끼는 한편 딸인 소옥군이 왜 기개세와 헤어졌는지 대충은 짐작할 것 같았다.

옥마제는 기개세가 예전의 모습을 되찾은 것 같아서 오히려 한결 편안한 기분이 들었다.

정파인들이 고리타분하게 점잔을 빼는 것은 정말 보기 역겨운 일이다.

옥마제는 조용한 방으로 안내되어 운공조식으로 내상을 치료하기 시작했고, 소효령은 쌍봉루에 상주하고 있는 여의원에게 상처를 치료받기 위해서 총관인 매염(梅艶)의 안내를 받아 한 방으로 들어갔다.

그사이에 기개세는 가란의 방에서 술상을 차려놓고 쌓인 회포를 풀었다.

그가 왔다는 소식을 듣고 쌍봉루 지하의 연공실에서 무공 연마에 여념이 없던 염마당의 삼야차, 즉 형곤과 철웅, 고태가 한달음에 달려와 합석했다.

"어머? 이 피 좀 봐!"

"꺄악! 죽으면 안 돼요, 대가!"

"소녀가 치료해 드릴게요."

그러다가 기개세의 몸 몇 군데에 자잘한 상처가 있는 것을 발견한 세 여자가 자지러지는 비명을 지르면서 그가 곧 죽기라도 할 것처럼 아우성을 쳤다.

"하하하! 괜찮다, 이것들아."

기개세는 껄껄 웃으며 손사래를 쳤으나 세 여자는 경쟁이라도 하듯 기개세의 옷을 거의 찢듯이 벗긴다, 치료를 한다 난리를 피웠다.

결국 기개세는 속곳 하나만 달랑 걸친 채 술을 마셔야 했다.

세 여자의 속셈은 딴 데 있었다. 치료는 건성으로 하면서 기개세의 벗은 몸을 만지고 뺨을 비비면서 더없이 황홀한 표정을 지었다.

그러더니 어느 순간 평소에도 기개세에게 가장 적극적이고 겁이 없는 화봉이 그의 속곳 속으로 불쑥 손을 넣어 음경을 만지기 시작하자 가란도 질세라 합세를 했다.

하지만 설봉은 다소곳이 앉은 채 기개세의 온몸의 상처를 하나도 남기지 않고 꼼꼼하게 치료를 했다.

"손님들이 들어오시기 전에 옷을 입는 것이 좋겠어요."

치료를 끝낸 설봉이 차분한 어조로 그렇게 말하지 않았으면 가란과 화봉은 언제까지나 기개세의 음경을 붙잡고 놔주지 않았을 것이다.


옥마제의 설명을 듣고 있는 동안 기개세는 술을 한 잔도 마시지 않았다. 옥마제가 말하는 내용이 너무도 충격적이었기 때문이다.

옥마제가 설명한 내용은 삼황오제의 삼황 중 융황이 천하 제패를 도모하기 위해서 마도오세의 혈룡궁과 손을 잡았다는 것과, 그것 때문에 옥마제 자신과 적마제, 혈마제가 혈룡궁을 등졌다는 사실이었다.

기개세의 놀라움은 매우 컸다. 그리고 지금까지 일어났던 여러 의문의 사건들 배후에 융황이 도사리고 있었다는 사실을 비로소 깨닫게 되었다.

융황이 혈룡궁과 손을 잡았다는 사실은 추호도 예상하지 못했던 일이다.

그렇지만 계속 모르고 있을 뻔한 그 사실을 옥마제 등을 통해서 알게 된 일은 정말 다행스러운 일이다.

그러나 기개세는 자신이 혈룡고수들의 협공으로 죽음에 위기에 처했을 때 옥마제 등이 구해준 이유가 무엇 때문인지 궁금했다.

융황이 혈룡궁과 손을 잡았고, 그것 때문에 옥마제 등이 혈룡궁을 등졌다는 사실이 기개세를 구해준 이유가 되지는 않기 때문이다.

좌중에는 오랫동안 무거운 침묵이 흘렀다.

기개세는 무창성에서부터 방바닥에 퍼질러 앉아 술을 마시는 것을 좋아해서 지금도 바닥에 커다란 상이 놓여 있고 그 위에 온갖 맛있는 요리와 술이 차려져 있으며, 모두들 상에 둘러앉아 있었다.

기개세 오른쪽에는 화봉과 설봉이, 왼쪽에는 가란과 소효령이 앉았으며, 그들 맞은편에는 옥마제 등이 마주보고 앉았고, 기개세의 뒤에는 삼야차가 팔짱을 낀 채 나란히 우뚝 서 있는 광경이다.

소효령은 지난번처럼 이번에도 기개세가 자신을 치료해 주지 않을까 은근히 기대했으나 쌍봉루의 여의원이 치료하는 바람에 적잖이 실망했다.

하지만 자신이 언감생심 그런 것을 욕심내고 있다는 사실을 스스로 깨닫고는 슬며시 얼굴이 붉어졌다.

그녀는 기개세보다 열아홉 살이나 더 많을 뿐만 아니라 그는 딸의 정인이다.

비록 딸이 기개세와의 결별을 선언했으나, 뭔가 피치 못할 사연이 있을 것이며, 그녀가 마음속 깊이 기개세를 사랑하고 있다는 사실을 소효령은 잘 알고 있다.

그런 상황에서 기개세를 남몰래 사랑하는 것은 정말로 힘겨운 일이었다.

그런데 이제는 그가 천검신문의 문주라는 사실까지 알게 되었으므로 엎친 데 덮친 격이다.

소효령이 문주로 있는 운예문은 천검사호문의 하나인 취봉문에서 오래전에 파생되어 나온 지파다.

그것은 소효령에게 있어서 기개세는 천상천(天上天)이나 다름이 없는 절대적인 존재라는 뜻이다.

상황이 이쯤 되면 기개세에게 향한 혼자만의 사랑을 이제 그만 접어야만 한다.

하지만 머리로는 그래야 한다고 생각하면서도 마음이 도무지 말을 들어주지 않는다.

지금도 그녀는 소위 '부질없는 사랑'을 그만 끝내야 한다고 끝없이 스스로에게 타이르고 있는 중이다.

그러면서도 눈은 자꾸만 기개세를 향하고 있고, 어떻게 하면 그의 눈길을, 손길을 한 번 받을 수 있을지 노심초사하고 있으니, 이 일을 어쩌면 좋을지 그녀 자신도 해답을 찾지 못하는 상황이다.

이윽고 기개세는 옥마제를 보면서 조용한 어조로 물었다.

"그런데 존장(尊長)께서는 아까 무엇 때문에 저를 구해주셨습니까?"

드디어 본론이 나오자 모두의 얼굴에 긴장하는 기색이 역력하게 떠올랐다.

혈룡궁을 등진 옥마제 등 세 사람은 오랜 궁리 끝에 천검신문 문주에게 몸을 의탁하자는 결정을 내렸었다.

그런데 막상 천검신문 문주 앞에 마주 앉아서 그의 단도직입적인 질문을 받으니 대답하기가 쉽지 않았다.

사실 옥마제가 처음 대하는 기개세에게 다짜고짜 하대를 하면서 막 대했던 이유는 따로 있었다.

천검신문 문주에 대한 막연한 두려움과 거리감을 그렇게 해서라도 극복하기 위해서였다.

그리고 자신들이 고개를 숙이고 들어가기 싫다는 자존심 같은 것이 작용을 했기 때문이다.

그런데 여기까지가 한계다. 아무리 후안무치(厚顔無恥)한 옥마제라고 해도 더 이상은 무리다.

한동안 머뭇거리던 그는 갑자기 자세를 바로 하고 옷매무새를 단정하게 했다.

그 모습을 본 적마제와 춘몽도 따라서 허리를 꼿꼿이 펴고 옷차림을 똑바로 했다.

기개세는 묵묵히 보고만 있을 뿐 아무 말도 하지 않았다.

이윽고 옥마제는 기개세를 똑바로 주시하면서 자못 진지하면서도 정중하게 입을 열었다.

"우리를 수하로 거두어주시오."

조금 전까지만 해도 기개세더러 이놈 저놈 하더니 이제는 뜬금없이 자신들을 수하로 거두어달라고 한다.

"이유를 말씀해 보십시오."

그러나 기개세는 조금도 놀라지 않고 차분하게 요구했다. 그런 그의 모습은 천검신문의 문주로서 손색이 없었다.

옥마제 등은 새삼스러운 표정으로 기개세를 쳐다보았다. 그러고는 은연중에 압도당하는 듯한 느낌을 받았다.

옥마제는 착잡하지만 진중하게 대답했다.

"우리는 마도인이지만 그 이전에 중원인이기 때문이오."

적마제가 그의 말을 이었다.

"그렇소. 서장의 오랑캐 따위가 중원을 집어삼키려고 한다면 가만히 있을 수 없소!"

본래 말재주가 없는 적마제는 흥분하면 더욱 말의 앞뒤가 어수선해진다.

쿵!

"그런데 혈룡태마제가 오랑캐하고 손을 잡았다는 것이오!

그래서 우린 더 이상 혈룡궁에 있을 수가 없었소! 우린 궁리 끝에 당신을 찾아가기로 결정했소!"

그가 손바닥으로 탁자를 치는 바람에 요리와 술이 허공으로 떠올랐다가 엎질러졌다. 하지만 그것을 신경 쓰는 사람은 아무도 없었다.

혈마제 춘몽이 붉은 살결보다 몇 배나 더 빨간 입술을 혀로 살짝 핥은 다음 뼈를 녹이는 듯한 목소리로 말했다.

"이 땅에 대혈겁이 닥치게 되면 그것을 물리치는 것은 오직 천검신문밖에 없어요. 그래서 우리 세 사람은 미력이나마 보탤 생각으로 천검신문의 문주이신 당신의 수하가 되기로 했어요."

그녀는 앞선 두 사람의 말을 깔끔하게 정리했다.

소효령은 옥마제 등이 기개세의 진짜 신분을 알고 있었다는 사실에 적잖이 놀랐다.

그래서 그녀는 옥마제 등이 우연히 기개세를 구한 것이 아니라 처음부터 작정을 하고 나선 것임을 알게 되었다.

그녀는 문득 옥마제 등이 뭔가 음모를 꾸미는 것이 아닌지 의심스러워졌다.

어쩌면 삼황사벌의 융황이 혈룡궁과 손을 잡았다는 것은 거짓말일지도 모른다.

그리고 기개세의 목숨을 구한 것은 그의 신임을 얻으려는 계책일 수도 있다.

그렇다면 기개세의 목숨보다 더 큰 것을 노리고 있다는 뜻
인데, 과연 그것이 무엇인가.

아무리 생각해 봐도 해답이 나오지 않았다. 거기에서 소효
령은 생각은 멈추었다.

그러나 기개세는 해답이 나왔다. 그것은 머리에서 나온 것
이 아니라 가슴에서 나왔다.

그의 해답은 '믿음'이기 때문이다.

마구잡이로 옥마제 등을 믿겠다는 것이 아니다. 오래전부
터 그는 자신의 감(感)에 따라서 행동을 해왔는데, 그것에 의
하면 옥마제 등은 믿어도 좋다는 느낌이다.

자신들이 할 수 있는 말을 다 한 옥마제 등은 묵묵히 기개
세가 입을 열기만을 기다렸다.

그들은 입만 까진 고설요순(鼓舌搖脣)하는 사람들이 아니
다. 필요한 말만 하고 쓸데없는 말은 하지 않는다. 그것은 마
도인들의 공통된 습성 같은 것이다.

이윽고 기개세가 말문을 열었다.

"그렇다면 세 분께선 앞으로 저를 많이 도와주십시오."

문득 옥마제 등의 얼굴에 씁쓸한 표정이 엷게 떠올랐다. 기
개세의 말이 애매모호하기 때문이다.

"수하로 거둘 수 없다는 말이오?"

옥마제가 정중하지만 단도직입적으로 물었다.

"수하라니 당치도 않습니다. 존장들께선 저와 친구로서 지

내기를 바랍니다.”

기개세가 손사래를 치자 옥마제는 버럭 소리를 질렀다.

“우리가 문주와 친구나 하자고 혈룡궁을 뛰쳐나온 줄 아는 것이오?”

“감히!”

그러자 소효령이 오른손을 어깨의 검으로 가져가며 사납게 옥마제를 꾸짖었다.

기개세는 손을 뻗어 소효령을 제지했다. 그는 소효령이 자신의 신분을 알고서도 놀라지 않는 것을 보고 그녀가 그 사실을 이미 알고 있었음을 짐작했다.

그는 옥마제에게 다시 정중히 물었다.

“제가 어떻게 하기를 바랍니까?”

옥마제는 생각할 것도 없다는 듯 즉답했다.

“우리를 수하로 거두어 중원을 지키는 임무를 주시오. 임무가 끝나면 우린 다시 마도로 돌아갈 것이오.”

무림인들은 대부분 고집이 세지만 마도인들은 고집 때문에 목숨까지 버리는 경우가 허다할 정도다.

기개세는 그들의 의지가 확고부동함을 깨달았다. 이런 상황에서 계속 밀고 당기는 것은 시간낭비다.

기개세는 고개를 끄덕였다.

“알았습니다. 그렇다면 세 분을 수하로 거두겠습니다. 지위와 임무는 추후에 정하겠습니다.”

그러자 옥마제 등은 그 자리에서 벌떡 일어나더니 기개세를 향해 공손히 부복하고 이마를 바닥에 댔다.

"속하들이 주군을 뵈옵니다."

"일어나십시오."

기개세는 자신의 말에도 세 사람이 꼼짝도 하지 않자 곧 그 이유를 깨달았다. 수하이기 때문에 말을 놓으라는 뜻이다.

수하로 거두었으니 쓸데없이 줄다리기하는 것은 기개세도 좋아하지 않는다.

"일어나서 자리에 앉아라."

그제야 세 사람은 기개세의 말에 따랐다. 하지만 아까처럼 책상다리로 앉지 않고 무릎을 꿇었다.

"자, 이제부터 한잔하자."

기개세는 세 사람에게 술병을 내밀었다.

옥마제 등은 더할 수 없이 공손히 잔을 내밀어 술을 받았다.

"아까 장모님께서 너를 옥마제라고 불렀으니 혈룡십마제의 옥마제인 줄은 알겠지만 다른 두 사람은 누구지?"

기개세는 세 사람과 술을 마시고 나서 적마제와 춘몽을 가리키며 물었다.

그러자 적마제와 춘몽이 즉시 뒤로 조금 물러나 앉더니 이마를 바닥에 대고 아뢰었다.

"속하는 적마제입니다."

"속하는 혈마제예요."

기개세는 미소 지으면서 고개를 끄덕였다.

"이제 보니 적마제와 혈마제였군."

기개세 뒤에 서 있는 형곤 등 삼야차는 옥마제 등 삼마제를 보면서 혼비백산하는 표정을 지었다.

삼야차는 무창성에서 신월방이라는 하오문을 운영하고 있었기 때문에 무림에 대해서는 빠삭하다.

정파에 구대문파가 존재한다면 마도에는 마도오세가 군림하고 있다.

또한 구대문파에서 장문인들이 최고 우두머리라면 마도오세에는 오세좌가 지존이다.

그리고 구대문파의 장로 같은 지위가 마도오세에도 있는데, 혈룡궁의 경우에는 혈룡십마제가 바로 그들이다.

마도오세는 천하를 오 등분(五等分)하여 각기 그 지역의 마도 방, 문파들을 거느리고 있다.

혈룡궁은 호북과 호남, 사천 세 개 성(省)에 걸친 거대한 지역을 다스리고 있다.

그리고 혈룡십마제는 세 개의 성을 열 개로 나눈 지역을 호령하는 패자(覇者)들이다.

그들 열 명이 모여서 혈룡궁을 결성했으며, 그중 한 명이 궁주로 선출, 혈룡태마제가 된 것이다.

옥마제가 지배하는 지역은 호북성의 무창성을 중심으로

사방 오백여 리 일대다.

무창성 남쪽 이백여 리에 위치한 막부산(幕阜山) 산중에 옥황마루(玉皇魔樓)라는 마도 방파가 있다.

바로 그 옥황마루가 무창성 일대 오백여 리 마도를 지배하고 있는 우두머리다.

그리고 옥황마루의 루주가 바로 옥마제다.

그런 식으로 적마제는 호북성 서쪽을 지배하고, 혈마제 춘몽은 호남성 북부 지역, 즉 악양성을 위시한 동정호 일대 마도 방파를 지배하고 있다.

그러니 형곤과 철웅, 고태가 옥마제 등의 이름을 듣고 혼비백산하는 것은 너무도 당연한 반응이다.

"장모님, 다친 곳이 아프십니까?"

삼마제와 술을 마시던 기개세가 문득 소효령을 보면서 염려스러운 듯 물었다.

그녀가 아까부터 초조한 표정을 짓고 있는 것을 눈여겨보고 있었기 때문이다.

"아, 아니에요."

그러자 소효령은 크게 당황하며 급히 손을 저었다.

기개세가 의아한 얼굴로 더 물으려고 할 때, 갑자기 방문이 열리며 쌍봉루의 총관인 매염이 급히 들어섰다.

그녀는 무창성 쌍봉루에서도 총관을 했으며, 이곳에서도 역시 총관의 지위를 맡고 있다.

그녀뿐만 아니라 무창성 쌍봉루에서 일했던 기녀와 숙수, 하녀, 하인 거의 모두가 이곳으로 고스란히 옮겨와서 일을 하고 있는 중이다.

가란이 그들의 가족들까지 모두 낙양성으로 데려와서 불편함 없이 살게 해준 것이다.

매염은 빠른 걸음으로 다가와서 기개세에게 말했다.

"상공, 수상한 자들이 양수하의 기루들을 샅샅이 살피고 있으며, 곧 우리 쌍봉루에 들이닥칠 것 같다는 호위무사들의 보고예요."

그녀는 긴박한 내용을 전하면서도 표정은 생글생글 미소를 짓고 있었다.

그녀가 말하는 호위무사란 나운상의 오라비인 나신효가 쌍봉루를 보호할 목적으로 이곳에 상주시킨 성검문의 다섯 명의 고수들을 가리키는 것이다.

탁.

매염의 말을 듣고 옥마제가 싸늘한 표정으로 술잔을 내려놓으며 조용히 중얼거렸다.

"아마 혈룡궁에서 보낸 자들이 주군의 흔적을 뒤쫓아온 모양입니다."

그는 아까 철수한 도마제가 다른 마제들과 더 많은 혈룡고수들을 이끌고 왔을 것이라고 추측했다.

"속하들이 놈들과 싸우고 있는 동안 주군께선 이곳을 피하도록 하십시오.”

옥마제는 ‘처치하고 있는 동안’ 이 아니라 ‘싸우고 있는 동안’ 이라고 말했다.

그것은 이제 곧 하게 될 싸움이 쉽지 않을 것임을 의미하는 것이다.

여러 명의 마제와 낙양성의 장원에 남아 있는 혈룡고수들이 모두 이곳에 왔다면 옥마제 등은 악전고투를 하게 될 것이고, 살아남을 가능성보다는 낭패를 당하게 될 확률이 더 많을 것이다.

그들의 마음을 읽은 기개세는 일어서려는 삼마제를 손을 뻗어 만류했다.

“기다려라.”

그의 만류에 삼마제가 움찔했다.

마도인들은 구차한 것을 몹시 싫어한다. 특히 목숨을 갖고 구차하게 구는 것을 무엇보다도 경멸한다. 정파인들이 협의를 위해서 목숨을 아낌없이 바친다면 마도인들은 명예를 위해서 목숨을 내놓는다.

기개세의 만류에도 삼마제는 벌떡 일어섰다. 그리고 옥마제가 당당하게 말했다.

“마도인은 목숨에 연연하지 않습니다.”

옥마제와 적마제, 춘몽은 나란히 우뚝 서서 파도 같은 기도를 뿜어냈다.

쪼르르.

기개세는 빈 잔에 술을 따르며 중얼거렸다.

"삼백팔 년 전에 마도가 어째서 사부님이 이끄시는 천검신문에 대패했는지 이제야 알겠군."

뜬금없는 말에 삼마제는 의아한 표정을 지었다.

기개세는 서두르지 않고 술을 마신 후에 손가락으로 자신의 머리를 가볍게 두드려 보였다.

"마도인은 용감하기는 하지만 여기가 비었어. 하나같이 아둔패기들이야. 머리를 좀 쓴다면 마도가 천하를 제패하는 것도 그다지 어려운 일은 아닐 것 같은데 말이야."

"……."

기개세는 말문을 잃은 삼마제를 보며 궁금한 듯 물었다.

"그렇게 싸우고 싶으냐?"

그러자 적마제가 욱하는 성질을 못 이겨 목소리를 자욱하게 깔았다.

"말씀을 빙빙 돌리지 말고 제대로 하십시오."

기개세는 그들의 그런 면이 마음에 들어서 자신도 모르게 미소가 피어났다.

"싸우지 않고서도 이곳 지하 통로를 통해서 편안하게 여길 벗어나는 방법이 있는데, 그런데도 너희는 반드시 싸우고 싶은 것이냐?"

적마제가 켕기는 듯한 표정을 지었다.

"싸우지 않고 도망친다는 말입니까?"

"그렇지."

적마제가 또 볼멘소리를 했다.

"우린 그놈들에게 겁먹지 않았습니다."

"나도 겁먹지 않았다."

"그럼 왜……."

"너는 편한 길을 놔두고 일부러 험한 길을 골라서 갈 테냐?"

"그건 아니지만……."

"선택해라. 이곳에 남아서 싸우던가, 아니면 나와 함께 이곳을 벗어나서 느긋하게 술을 마시던가."

대교약졸(大巧若拙). 무릇 훌륭한 방법은 때때로 졸렬하게 보일 때가 있다.

지금 기개세가 도망치자는 말이 그렇다. 하지만 결과를 놓고 봤을 때, 자존심도 뭣도 아닌 만용(蠻勇)이라는 것을 조금 버리기만 하면 모든 것이 순조롭게 풀리는 것이다.

"끙!"

결국 적마제는 무거운 신음을 흘리고, 옥마제는 벌레 씹은 표정을 지었다.

기개세가 하는 말을 충분히 알아들은 것이다. 하지만 옥마제는 못마땅한 듯한 얼굴로 슬쩍 기개세를 쏘아보며 입을 열었다.

“주군, 우리 한번…….”

그때 춘몽이 팔꿈치로 옥마제의 옆구리를 찌르고 나서 기개세에게 환하게 웃어 보였다.

“호호호! 주군! 속하들이 지하 통로로 모시겠어요.”

일어선 기개세는 옥마제와 적마제의 따가운 시선을 뒤통수에 받으면서 영 개운치 않은 기분으로 걸음을 옮겼다.

사실 옥마제가 하려던 뒷말은 ‘지위 고하를 떠나서 우리 한번 속 시원하게 붙어봅시다’ 라는 것이었다.

그는 과거에도 혈룡궁주가 못마땅하다면서 몇 차례 일대일 대결을 청해서 실제로 싸운 적이 있었다.

# 第七十章

효웅(梟雄) 패가수(狽佳獸)

쌍봉루를 지을 때 기개세는 지하 통로를 만들어두라고 지시했었다.

오층인 가란의 방 함롱(函籠) 뒤에서 곧장 지하로 내려가는 계단이 나선형으로 뻗어 있다.

지하에는 유사시를 대비하여 여러 개의 석실과 생활에 필요한 물품들이 갖추어져 있으며, 그곳에서 동남쪽으로 삼백여 장쯤 지하 통로가 길게 이어져 있다.

그리고 통로 끝에는 작은 수로(水路)와 아담한 배 세 척이 정박해 있다.

기개세 일행은 통로 끝에 이르러 그중 한 척의 배를 타고

수로를 통해서 강, 즉 낙수로 나왔다.

병풍처럼 길고 높은 절벽 아래쪽에 들쑥날쑥한 바위에 가려서 거의 보이지 않는 틈이 있으며, 기개세 일행이 탄 배는 그곳을 통해서 낙수로 나온 것이다.

배에는 기개세와 소효령, 삼마제가 타고 있으며 배를 몰고 있는 사람은 쌍봉루를 호위하는 다섯 명의 성검고수 중 한 명이다.

배는 쌍봉루에서 오 리쯤 떨어진 강변에 멈추었고, 기개세 일행은 그곳에서부터 걸어서 낙양성으로 향했으며, 성검고수는 다시 배를 몰고 쌍봉루로 향했다.

기개세 일행이 쌍봉루 지하 통로를 느긋하게 걸어가고 있을 때 혈룡고수들이 쌍봉루에 들이닥쳤다.

물론 정식으로 입구를 통하지 않고 쌍봉루 오층의 각 창문을 통해서 귀신처럼 진입했다.

물론 꼭대기 층에 있는 가란의 방은 불이 환하게 켜져 있었기 때문에 혈룡고수들이 제일 먼저 들이닥친 것이다.

그러나 그들이 발견한 것은 질펀하게 술을 마시고 있는 삼남삼녀 여섯 명의 모습이다.

물론 삼남삼녀는 바로 형곤 등 삼야차와 가란, 설화쌍봉이다.

                    *          *          *

　갑시(甲時:새벽 5시)경, 개봉성 정린장 전문 앞에 먼 길을 달려온 듯 온몸에 뿌옇게 먼지를 뒤집어쓴 모습의 두 사람이 당도했다.

　한 사람은 남궁산이고, 또 한 사람은 북경성 황족의 밀정으로 이번에도 남궁산의 안내를 맡았다.

　그들은 우선 접객실로 안내되었다. 그들이 만나러 온 사람이 아직 잠자리에서 일어나지 않았기 때문이다.

　북경성 밖에서 임시로 생활하고 있던 남궁산은 닷새 전에 북경성 내의 황족을 만나러 갔다가 황족의 대장원을 감시하고 있는 듯한 정체 모를 인물을 발견했었다.

　남궁산은 그자가 취봉문이나 운예문에서 보낸 감시자일 것이라고 추측했으나 곧 사라지고 말았다.

　그래서 그는 반나절 동안이나 대장원 주위를 맴돌면서 그 인물을 찾아 헤맸으나 어디에서도 발견하지 못했다.

　결국 그는 대장원의 전문으로 떳떳하게 들어가지 못하고 뒷담을 넘어서 잠입했다가 발각되고 말았다.

　남궁산의 무위는 무시 못할 수준인데 대장원의 호위무사들은 그보다 더 월등한 수준이었다.

　방법은 좋지 않았으나 어쨌든 그는 그토록 만나고 싶어했던 황족을 만나게 되었다.

그리고 황족 앞에 부복하여 피눈물을 흘리며 애원했다.

"부디 복수를 하게 해주십시오! 그렇게만 해주신다면 무슨 일이라도 하겠습니다!"

남궁산의 간곡한 애원에 마침내 황족은 그가 복수를 할 수 있는 길을 열어주었다.

밀정으로 하여금 남궁산을 누군가에게 소개시켜 주라는 명령을 내린 것이다.

지금 남궁산의 머릿속에는 오로지 가문을 멸문시킨 것에 대해서 복수를 하겠다는 일념뿐이다.

동생 남궁엽을 죽게 만든 대정숙의 유영을 가장 참혹하게 죽이고, 또한 남궁가 삼족을 몰살시킨 취봉문, 혹은 운예문의 씨를 말려 버리는 것이다.

그럴 수만 있다면 남궁산은 어떤 대가라도 치를 각오가 되어 있다.

*　　　*　　　*

촤악!

지독한 고문을 당하던 중에 혼절을 하여 고개를 떨어뜨리고 있는 소랑의 온몸에 차가운 물이 끼얹어졌다.

사실 그녀는 혼절을 하지 않았다. 백여 일 가까이 매일같이 가해지는 고문은 이제 더 이상 가혹하게 느껴지지 않아서 그녀를 혼절시키지 못한다.

하지만 그녀는 언제나 고문이 절정으로 치달을 때쯤이면 의례히 혼절한 척 가장을 한다. 그래야지만 고문이 중지되기 때문이다.

너무 빨리 혼절하면 거짓으로 혼절한 것이 들통이 날지도 모른다. 그래서 적당한 시기를 잘 선택해야 한다.

"으으……."

두 손목은 수갑에, 두 발목은 족쇄에 묶인 채 석벽을 등지고 서 있는 소랑은 물을 흠뻑 뒤집어쓰고는 고통에 찬 신음을 흘리면서 정신이 드는 체했다.

그녀는 발가벗겨진 몸이다. 그러나 지난 백여 일 동안에 흘린 피가 온몸에 딱딱하게 말라붙어서 알몸이 드러난 모습은 아니다.

턱!

그녀의 발 앞에 깨진 나무 그릇 하나가 놓여졌다.

거기에는 개밥만도 못한 거무튀튀한 먹을거리가 절반쯤 담겨 있으며, 상했는지 퀴퀴한 냄새가 물씬 풍겼다.

철컹!

언제나 그랬듯이 두 명의 고문자 중에서 한 명이 소랑의 양쪽 손목에 채워진 수갑을 풀어주었다.

철그렁!

양쪽 손목이 풀리자마자 소랑은 무너지듯이 그 자리에 폭삭 주저앉았다.

서 있을 힘조차 없는 것처럼 보여야 하기 때문이지만 실제로도 그랬다.

그녀는 무릎을 꿇은 자세에서 다리를 넓게 벌리고 둔부를 바닥에 댄 채 고개를 푹 숙이고 있다.

그러면서 두 명의 고문자가 어디에 있는지 그들의 숨소리를 듣고 재빨리 간파했다.

한 명은 그녀의 바로 앞에 서 있고, 다른 한 명은 입구 쪽 석벽에 기대서 있다.

단숨에 두 명을 죽이려면 입구 쪽에 있는 놈을 가까이에 다가오도록 해야 한다.

식사 시간은 더도 덜도 아닌 딱 일각이다. 그 시간이 지나면 밥그릇을 치우고 고문자들은 석실을 나가 버린다.

그러면 다시 내일까지 기다려야만 하는데, 촌각이 급한 상황에서 절대로 그럴 수는 없다.

이놈들은 밥을 먹으라고 강요하지도 않고 그저 일각이 지나기를 기다릴 뿐이다.

어쨌든 이제는 행동을 할 때다.

소랑은 천천히 고개를 들고 일부러 손을 덜덜 떨면서 밥그릇을 잡고 앞으로 끌어당겼다. 나무그릇이 바닥에 끌리는 소리가 귀를 긁었다.

이어서 그녀는 밥그릇을 들고 거기에 얼굴을 처박고는 입 안 가득 오물 같은 밥을 쑤셔 넣고 꾸역꾸역 씹어 삼켰다.

이미 그녀는 진작부터 일 갑자의 공력을 극한으로 끌어올린 상태다.

우선 두 놈의 시선을 끌어야 한다. 그러자면 뭔가 특별한 일이 있어야 한다.

쫄쫄쫄쫄.

갑자기 어디선가 들려오는 미약한 물 흐르는 소리가 석실의 적막을 깨뜨렸다.

고문자 두 명이 동시에 소랑을 쳐다보았다.

무릎을 꿇은 채 다리를 넓게 벌리고 퍼질러 앉아 있는 그녀의 사타구니에서 물소리가 나고 있다.

그리고 그곳에서 시작된 실개천 같은 물이 구불구불 바닥을 적시면서 흐르고 있다.

소랑이 밥그릇을 얼굴에 박은 채 오줌을 싸고 있는 것이다.

"용변을 볼 테냐?"

가까이에 있는 놈이 높낮이 없는 목소리로 물었다.

용변을 볼 때는 고문자 두 놈이 수갑에 묶인 쇠사슬과 족쇄에 묶인 쇠사슬을 각각 따로 잡고 석실 한쪽 구석에 있는 앞이 트인 측간으로 소랑을 끌고 간다.

그러고는 그녀가 용변을 끝마칠 때까지 쇠사슬을 잡은 채 옆에 서서 기다린다.

쇠사슬을 잡고 있는 상황에서는 무영투공을 전개해 봐야 소용이 없다.

무영투공은 몸이 아닌 모습이 사라지는 것이라서 쇠사슬을 잡아당기면 말짱 헛일이 돼버리기 때문이다.

그녀의 목적은 용변을 보려는 것처럼 가장해서 두 놈을 최대한 가까이 끌어들이는 것이다.

이윽고 입구 근처에 있던 놈이 느릿한 걸음으로 소랑을 향해 다가오기 시작했다.

그자가 일 장까지 다가왔을 때 소랑은 무영투공을 전개하기 시작했다.

스으으.

그러자 그녀의 모습이 점차 흐릿해지더니 그 자리에서 흔적도 없이 사라져 버렸다.

단지 밥그릇만 허공에 둥둥 떠 있을 뿐이다. 하지만 사실은 그녀가 여전히 밥그릇을 들고 있는 것이다.

툭!

그나마 밥그릇도 바닥에 떨어져 깨지면서 개죽 같은 밥이 사방으로 튀었다.

그녀를 향해 걸어오던 놈은 자신의 눈앞에서 그녀가 눈 깜짝할 사이에 사라져 버리자 어? 하는 표정을 지으며 걸음을 멈추었다.

그다음 순간 다른 놈도 소랑이 사라진 것을 발견했다.

"뭐야?"

"어떻게 된 거야?"

두 놈은 재빨리 소랑이 있었던 곳으로 가까이 다가왔다.

사실 그녀는 사라진 것이 아니라 여전히 그 자리에 있다. 다만 다른 사람의 눈에 보이지 않을 뿐이다.

두 놈은 당황한 것이 분명했다. 눈앞에 있던 소랑이 마치 유령처럼 씻은 듯이 사라졌으니 당연한 일이다.

두 놈이 나뒹굴어 있는 밥그릇 앞에 나란히 서서 똑같이 허리를 굽히고 소랑이 있던 자리를 빤히 들여다보았다.

그 자리에는 소랑 대신 방금 전에 그녀가 흘린 노란 오줌이 고여 있을 뿐이다.

그 순간이다.

피잇!

그들은 자신들의 코앞에서 무엇인가 허공을 가르는 낮고 미약한 파공음을 듣고 움찔했다.

그러나 이미 때는 늦었다.

파팍!

"끅!"

"큭!"

무엇인가 날카로운 것이 두 놈의 목 한복판을 정확하게 찔렀고, 두 마디 쥐어짜는 듯한 신음 소리가 터졌다.

푸악!

두 놈의 뻥 뚫린 목에서 분수처럼 핏물이 뿜어졌다.

그러나 피는 곧 멈추었다. 대신 목의 상처가 무엇인가에 막힌 듯 피가 목을 타고 가슴으로 흘려내리며 옷을 시뻘겋게 물들였다.

우두둑!

그러고는 두 놈의 목뼈 부러지는 소리가 터졌다.

"끄으으."

두 놈의 눈에서 동공이 사라지며 입에서 손톱으로 벽을 긁는 듯한 소리가 흘러나왔다.

그때 두 놈 중 한 놈이 부들부들 떨리는 손을 자신의 어깨로 향했다. 검을 뽑으려는 것이다.

그리고 느릿느릿 검이 뽑히기 시작했다.

우지직.

그 순간 두 놈의 목이 완전히 부러져서 옆으로 꺾여 버렸다.

그렇지만 검을 뽑던 놈은 최후의 사력을 다해서 간신히 검을 뽑아 보이지 않는 적이 있을 듯한 전면을 향해 한차례 그어댔다.

팍!

검첨이 무언가를 베었고, 아무것도 없는 허공에서 주르르 피가 흘렀다.

털썩!

그러고는 고문자 두 놈이 앞서거니 뒤서거니 맥없이 바닥에 쓰러졌다.

스으으.

이어서 사라졌던 소랑의 모습이 흐릿하게 나타났다가 점차 뚜렷해졌다.

그런데 그녀의 얼굴에서 피가 흐르고 있다.

얼굴 위 왼쪽 눈이다. 이마에서 뺨으로 비스듬히 베어진 가느다란 상처에서 흐르는 피다.

고문자 한 놈이 마지막에 필사적으로 휘두른 검에 베인 것이다.

소랑은 가까이 다가온 고문자 두 놈을 향해서 두 손을 칼처럼 꼿꼿하게 세워 최초의 공격을 가했었다.

수도(手刀)로 변한 그녀의 두 손은 손목까지 두 놈의 목을 뚫고 속으로 파고들었다.

하지만 절명시키지 못했기 때문에 그다음에는 두 놈의 목을 힘껏 움켜잡아서 목뼈를 부러뜨렸다.

바로 그때 한 놈이 검을 뽑으려고 했다. 그래서 더욱 힘을 주어 아예 목을 분질러 버렸다.

만약 그때 손을 놓아버렸으면 소랑은 다치지 않았을지도

모른다.

하지만 놓지 못했다. 놓을 수가 없었다.

놓아버리면 두 놈이 뒤로 물러나면서 쓰러질 수도 있고, 그렇게 죽어버리면 쇠사슬에 묶인 소랑이 그놈들의 허리춤에 있는 족쇄를 푸는 열쇠까지 손이 닿지 않기 때문이었다.

소랑은 왼쪽 눈을 뜨지 못했다. 아무래도 안구가 터져 버린 것 같았다.

하지만 그런 것은 지금 신경 쓸 일이 아니다. 열쇠를 손에 넣어 이곳을 탈출하는 일이 급선무다.

그리고 그리운 사람에게 돌아가는 것이다.

*　　　*　　　*

"남궁산입니다."

남궁산은 방바닥에 부복하여 이마를 바닥에 대면서 최대한 납작한 자세를 취했다.

"나는 패가수(狽佳獸)다."

푹신한 호피의에 앉아서 그윽한 향기가 나는 차를 마시면서 청삼청년은 가볍게 고개를 끄덕였다.

남궁산은 패가수라는 이름을 생전 처음 듣고 또 그가 누군지 모른다.

　단지 황족이 그를 만나면 복수의 길이 열릴 것이라고 해서 무작정 여기까지 온 것이다.

　"왜 나를 찾아왔느냐?"

　청삼청년 패가수는 찻잔을 가볍게 흔들어 찻물을 섞으면서 물었다.

　"삼황야(三皇爺)께서 찾아뵈라고 하셨습니다."

　남궁산이 닷새 전에 황족의 대장원을 방문하여 한 가지 얻은 소득이 있다면, 그 황족이 당금 황제의 셋째 아우인 삼황야라는 사실이다.

　물론 삼황야와 패가수가 어떤 관계인지, 그들이 무엇을 꾸미고 있는지, 어째서 그들이 대정숙의 유영을 죽이려는 것인지 남궁산은 아무것도 모른다.

　그러나 알 필요도 없다. 그는 오직 복수만, 속이 뻥 뚫리도록 통쾌한 복수만 할 수 있으면 그것으로 만족한다.

　"무엇을 원하느냐?"

　"단시일 안에 초절정고수가 되고 싶습니다."

　그렇게 대답하면서도 남궁산은 그것이 얼마나 무지막지하고 막무가내의 요구인지 잘 알고 있다.

　"그럼 너는 내게 무엇을 줄 테냐?"

　패가수의 말에 남궁산은 온몸에 힘이 솟았다. 대가를 바란다는 것은 패가수에게 그 무리한 요구를 들어줄 능력이 있다는 뜻이기 때문이다.

　남궁산은 지금 자신이 하게 될 대답이 복수를 하느냐 못하느냐를 결정한다는 생각이 들었다.

　그러나 그의 대답은 이미 이곳으로 오는 도중에 정해져 있었다.

　"당신이 원하는 것이라면 무엇이든."

　"하하하하!"

　패가수의 명랑한 웃음소리에 움찔 놀란 남궁산은 조심스럽게 고개를 들고 그를 쳐다보았다.

　남궁산이 쳐다보고 있는 중에도 패가수는 매우 즐겁다는 듯 계속 웃었다.

　듣고 있노라면 머릿속이 시냇물처럼 맑아지고 마음이 상쾌해지는 웃음소리다.

　남궁산은 그런 웃음소리가 있다는 말을 간혹 들어봤지만 실제로 들어보는 것은 처음이다.

　패가수는 웃음기 가득한 얼굴로 새 찻잔에 차를 따라서 내밀었다.

　"마셔라."

　남궁산은 그게 무슨 뜻인지 몰라서 어리둥절한 얼굴로 쳐다보았다.

　"이것은 내가 제일 좋아하는 차다. 네가 차 맛을 알아야 매일 아침마다 나를 위해서 우려낼 것이 아니겠느냐?"

　"아……."

그 말은 남궁산을 거두겠다는 뜻이다.

만면에 더없이 기쁜 표정이 가득 떠오른 남궁산은 무릎걸음으로 기어가서 가늘게 떨리는 두 손으로 찻잔을 잡고 눈물을 흘리면서 차를 마셨다.


＊　　＊　　＊


나운상은 기개세의 침상에서 세상모르고 잠들어 있었다.

그때 하나의 손이 나운상의 혼혈을 풀어주었다.

"음… 대가……."

그러자 천장을 향해 똑바로 자고 있던 나운상은 옆으로 돌아누우면서 팔과 다리로 누군가를 감싸듯 끌어안는 몸짓을 하며 중얼거렸다.

그러다가 옆에 아무도 없는 것을 잠결에 느끼고 흠칫하며 번쩍 눈을 떴다.

순간 그녀는 침상 곁에 누군가 우뚝 서 있는 것을 발견하고 급히 머리맡의 검을 향해 손을 뻗었다.

척!

하지만 그녀는 검을 손에 잡았을 뿐 뽑지는 않았다. 침상 곁에 서 있는 사람이 누군지 발견했기 때문이다.

"오라버니……."

그는 나운상의 오빠인 나신효였다.

나운상은 놀라면서도 당황한 표정으로 급히 침상과 실내를 두리번거렸다.

"주군께서는……."

나신효는 돌덩이처럼 굳은 얼굴에 한줄기 못마땅한 표정을 떠올렸다.

"대가를 찾는 것이냐, 아니면 주군을 찾는 것이냐?"

"……."

그러자 나운상의 얼굴이 착잡하게 변했다. 그녀는 자신이 잠결에 '대가' 라고 불렀을 것이라는 사실을 짐작했다.

주군을 호위하라고 임명한 천검사영이 주군의 침상에서 늘어지게 자고 있었으며, 주군이 어디로 사라졌는지도 모르는 것뿐만 아니라, 주군을 대가라고 부르면서 잠결에 끌어안으려고 했으니 입이 백 개라도 할 말이 없는 나운상이다.

그렇지만 그것보다는 도대체 기개세가 어디에 있는지가 더 궁금했다.

"오라버니, 주군께서는……."

나운상을 절대 용서할 수 없다고 생각하는 나신효는 냉랭한 목소리로 그녀의 말을 잘랐다.

"두 시진 전에 주군께서는 혈룡궁의 습격을 받으셨다."

순간 나운상의 얼굴색이 새하얗게 질려 버렸다. 그녀는 눈을 커다랗게 뜨고 입을 크게 벌린 채 몸을 가늘게 떨면서 그 자리에서 굳어버렸다.

'이 아이가?

한번 혼나보라는 식으로 말했던 나신효는 나운상의 반응을 보고는 적잖이 놀랐다. 게다가 그녀는 너무 놀라서 숨을 멈춰 버렸다.

나신효는 지금까지 무엇인가에 놀라서 죽는 사람을 한 번도 본 적이 없지만, 나운상을 이대로 내버려 두면 죽을 수도 있을 것 같다는 생각이 들었다.

"상아."

탁!

나신효는 나운상의 어깨를 가볍게 치면서 불렀다.

"하아……."

그제야 나운상은 숨이 터진 듯 길게 숨을 몰아쉬었다. 그러나 그것도 잠시, 나신효를 붙잡고 숨이 넘어갈 듯이 다급하게 물었다.

"오라버니, 그래서 주군께선 어떻게 되셨어요? 지금 어디에 계시죠?"

나신효는 그녀를 더 이상 혼내서는 안 되겠다고 생각했다.

"무사하시고, 지금 별채에 계신다."

나운상은 더 이상 들을 것이 없다는 듯 침상에서 내려와 쏜

살같이 달려나갔다.

"상아, 옷은 입어야지."

그 말에 막 방을 나가려던 나운상은 자신이 속곳과 젖 가리개만 입고 있다는 사실을 그제야 깨닫고 급히 다시 들어와 옷을 입고 나갔다.


천검사신위는 평소에는 각기 다른 장소에서 자신의 할 일을 하다가 기개세가 외출을 하거나 외박을 나오면 모두 낙성검가에 모인다.

각기 다른 장소라는 것은 그들이 낙양성에 임시로 마련한 네 곳의 장원을 가리킨다.

천검사호문 중에서 성검문을 제외한 세 문파는 모두 악양성과 북경성, 남창성에 있기 때문에 자파에서 데려온 고수들이 낙양성에서 기거할 장소가 필요했다.

기개세가 외박을 나왔기 때문에 낙성검가에 머물고 있던 천검사신위, 아니, 우지화를 제외한 삼신위는 그가 자정 즈음에 몰래 빠져나갔다는 사실을 까맣게 모르고 있었다.

그러다가 양수하의 쌍봉루를 호위하고 있는 성검고수가 낙성검가로 전서구를 보내서 비로소 그 사실을 알게 되었다.

그것 때문에 낙성검가가 발칵 뒤집힌 것은 두말할 필요도 없다.

자거나 운공조식을 하고 있던 삼신위는 물론이고, 낙성검가에 있던 천검사호문 고수 백여 명에겐 청천벽력 같은 사건이 아닐 수 없다.

기개세는 쌍봉루에 도착해서 성검고수들에게 사신위에겐 알리지 말라고 명령을 했었다.

이후 배를 타고 쌍봉루를 빠져나오면서 노를 젓던 성검고수에게 쌍봉루로 돌아가면 자신이 무사히 귀환하고 있다는 사실을 전서구로 알리라고 명령했었다.

그랬기에 사신위가 전서구를 받아보고 얼마 지나지 않아서 기개세 일행이 낙성검가에 도착했다.

기개세의 야밤 탈출과 습격을 받았다는 사실 때문에 낙성검가가 발칵 뒤집혔으나, 그것은 어디까지나 천검사호문에 속한 사람들에게만 국한된 일이었다.

정작 주인인 낙성검가 사람들은 아무것도 모른 채 깊은 잠에 빠졌거나 제 할 일을 하고 있었다.

마치 겉보기에는 잔잔한 수면 같지만, 물속에서는 맹렬하게 소용돌이가 휘몰아치는 것이나 비슷했다.

물론 사신위가 오통을 제외한 육대명왕에겐 알리지 않았기 때문에 현재 그들은 연공실에 모여서 기개세가 내준 과제, 즉 북두검법으로 검진을 만드는 방법에 대해서 머리털이 빠지도록 궁리하고 있는 중이다.

나운상은 별채 입구 앞에서 도격과 우림의 제지를 받았
다.

[주군께선?]

자신이 벌을 받게 되는 것보다 기개세의 안위가 더 염려
스러운 나운상은 초조한 얼굴로 우림에게 전음으로 물었
다.

그러나 우림은 대답하지 않고 싸늘한 얼굴로 나운상에게
한옆으로 비켜서라는 손짓만을 해 보였다.

천검사영은 도격과 우림, 나운상, 담신기 네 명으로 이루어
져 있다.

도격은 태극문주인 도기운의 아들이고, 우림은 취봉문주
인 우지화의 여동생, 나운상은 성검문주인 나궁조의 외동딸,
담신기는 뇌룡문주 담무혁의 아들이다.

천검사영은 우두머리가 없고 네 명 모두 평등한 지위다.

하지만 도격이 삼십육 세로 나이가 가장 많고 또 무공이 제
일 고강하기 때문에 은연중에 우두머리 역할을 하고 있으며,
모두들 암묵적으로 그것을 용인해 오고 있었다.

하지만 도격은 워낙 과묵하고 나서는 것을 좋아하지 않는
성격이다.

반면에 올해 이십삼 세가 되어 천검사영에서 두 번째로 나
이가 많은 우림은 실질적으로 천검사영을 이끌고 있는 실세
라고 할 수 있다.

그녀는 몹시 갸름한 얼굴 윤곽에 마치 분을 바른 것처럼 새하얀 살결을 지니고 있어서 제대로 화장이나 치장만 하면 무림은 물론이고 천하를 들었다가 놓을 정도의 절세미녀라는 칭송을 들을 만했다.

하지만 그녀의 얼굴에는 척 보기에도 더없는 오만함과 모골이 송연해질 정도의 싸늘함이 한 겹 얼음처럼 덮여 있어서 사람들은 그녀 앞에 서면 두려움 때문에 감히 얼굴을 쳐다보지도 못했다.

그런데 그녀의 성격은 겉으로 보는 인상보다 최소한 열 배 이상 대단하다.

나운상이 한옆으로 물러나니 그곳에 먼저 온 담신기가 착잡한 표정에 잔뜩 주눅 든 모습으로 서 있는 것이 보였다.

[주군께선 괜찮아 보였나요?]

나운상이 담신기 옆으로 다가가며 전음으로 물었다.

담신기는 말없이 가볍게 고개만 끄덕였다.

[기가는 뭐 하고 있었어요?]

조금 마음이 놓인 나운상은 그제야 슬슬 자신의 처지에 대해서 걱정이 되기 시작했다.

[주군의 심부름을 갔었어.]

[무슨?]

[골방신주(滑芳神酒)라는 술을 구해오라는 명을 받았었다.]

[구했어요?]

담신기의 얼굴이 흐려졌다.

[그런 술은 하늘 아래 없다고 하더라. 그것도 모르고 낙양 성 내를 발이 부르트도록 돌아다녔으니…….]

기개세는 몰래 빠져나가려고 담신기에게 세상에 있지도 않은 술을 구해오라고 내보냈다.

나운상은 나무 뒤쪽에 꼿꼿하게 서 있는 우림을 슬쩍 턱으로 가리켰다.

[우림 언니는 뭘 하고 있었대요?]

[도격 대형과 우림 누님은 잤었나 봐. 주군 명령으로.]

나운상은 입술을 삐죽였다.

[나보다 나을 것도 없네?]

평소에는 나운상이라면 껌뻑 죽는 담신기지만, 이런 상황에서도 여전히 상황 파악을 못하고 숙맥불변(菽麥不辨)인 나운상을 보자 은근히 몽니가 생겼다. 그래서 팔짱을 끼면서 다른 곳을 보며 짐짓 어깃장을 놓았다.

[다 같은 강아지라도 밭을 망치는 강아지와 밥상을 망치는 강아지는 엄연히 다른 법이야.]

그 말뜻을 알아듣지 못할 나운상이 아니다. 담신기의 비유에 의하면, 그녀는 주군의 침상에서 함께 자기까지 하는 가까운 사이면서도 그가 어디로 갔는지조차 몰랐으니 그 죄가 가장 크다는 뜻이다.

[기가, 정말…….]

　나운상은 눈을 있는 대로 하얗게 흘기고는 찬바람이 일도록 몸을 돌려 다른 곳으로 가버렸다.

# 第七十一章

제이기(第二期) 천검사영

실내에는 한동안 무거운 적막이 흐르고 있다.

기개세만 호피의에 앉아 있고, 천검삼신위와 삼마제는 기개세 앞쪽에 서로 마주보는 자세로 서 있다.

삼신위는 기개세로부터 삼마제를 수하로 거두게 된 자초지종을 들었다.

기개세가 삼마제를 수하로 거두었다는 사실이 놀랍기는 하지만, 삼황사벌의 융황이 혈룡궁과 손을 잡았다는 사실만큼 놀라운 일은 아니다.

과거 세 차례 중원을 침공하여 대혈풍을 일으켰던 삼황사벌 일곱 개 세력은 언제나 연합전선을 구축했었다.

그들 일곱 개 세력이 각자 가깝게는 오천여 리, 멀게는 삼만 리나 떨어져 있으면서도 중원을 침공할 때만큼은 반드시 손을 잡았다는 말이다.

그러므로 융황의 출현은 곧 삼황사벌 모두의 등장이 멀지 않았음을 암시한다.

지금 삼신위의 머릿속은 복잡하기 짝이 없다.

그들은 천검신문이 이 땅에 출현한 이후 여덟 차례나 대혈풍을 지켜낸 과정을 상세하게 적은 역사서인 천검신서를 외울 정도로 달달 읽었으나 지금 같은 상황에서는 아무런 도움이 되지 않았다.

삼마제는 난생처음 천검삼신위를 직접 대면하는 바람에 처음에는 꽤나 긴장했으나 곧 평소의 성격을 되찾았다.

상대가 전설의 천검사신위라고 해도 기가 죽을 삼마제가 아니다. 그들은 자랑스러운 마도인이 아닌가.

삼신위는 입을 굳게 다문 채 침묵을 지키고 있는 것 같지만 사실은 서로 전음을 교환하면서 긴밀하게 의견을 나누고 있는 중이었다.

침묵이 흐른 지 이각이 지나가고 있을 무렵, 삼신위의 상의는 대충 가닥을 잡았다.

그렇지만 그들은 아무 말도 하지 못했다. 기개세가 손으로 턱을 괸 채 깊은 생각에 잠겨 있었기 때문이다.

"삼신위."

그런데 기개세가 갑자기 턱에서 손을 떼며 조용히 입을 열었다.

"하명하십시오."

삼신위은 즉시 깊숙이 허리를 굽혔다.

"현재 융황이 중원에 잠입한 것 같다."

기개세의 조용한 목소리가 자늑자늑 실내를 흔들었다.

융황이 혈룡궁과 손을 잡았다고 하니까 삼황사벌 중에 누군가 중원에 들어왔을 것이라고 짐작할 수 있는 일이다.

그런데 기개세가 어째서 '융황'이라고 단정한 것인지는 잘 이해가 되지 않았다.

"융황은 척후(斥候)다."

기개세는 단정적으로 자르듯이 말했다.

도기운이 조심스럽게 물었다.

"어째서 그렇게 생각하십니까?"

기개세는 손가락 세 개를 펼쳐 보였다가 그중 하나를 꼽으며 설명했다.

"세 가지 이유에서다. 첫째, 놈들은 지난 세 번의 중원 침공에 한 번도 척후를 보낸 적이 없을 것이다. 놈들이 마지막으로 중원을 침공했던 것은 지금으로부터 오백이십육 년 전이다. 세 번씩이나 중원을 침공하고서도 대패한 원인을 분석하기에는 충분한 세월이지. 놈들은 패인 중 하나로 척후를 보내지 않은 것을 꼽았을 거야."

그가 막힘없이 일사천리로 설명을 하자 삼신위는 물론 삼마제까지도 적잖이 놀란 표정을 지었다.

"그렇습니다. 속하가 알기로는, 지난 세 번의 중원 침공에 삼황사벌은 한 번도 척후를 보낸 적이 없습니다. 그만큼 자신들의 힘을 믿었기 때문인 것으로 분석된 사항입니다."

기개세는 여유가 없어서 아직 천검신문의 역사서인 천검신서를 읽지 않았다.

그러므로 그가 지금 하고 있는 말은 순전히 자신의 추측과 계산에 의한 것이라는 뜻이다.

삼신위가 속으로 놀라고 있을 때, 기개세는 그럴 줄 알았다는 듯 고개를 끄덕이면서 두 번째 손가락을 접었다.

"둘째, 놈들은 이미 내 존재와 이곳 낙성검가, 그리고 천검사호문에 대해서 웬만큼은 알고 있을 것이다. 담무혁, 너 같으면 그다음에는 어떻게 하겠느냐?"

담무혁은 생각할 것도 없이 대답했다.

"모든 것이 파악됐다면 그다음엔 다 쓸어버리면 되지 않겠습니까?"

기개세는 빙그레 미소 지으면서 고개를 끄덕였다.

"그렇다. 그런데 놈들은 조용히 침묵을 지키고 있다. 어째서 그럴까?"

삼신위와 삼마제는 똑같은 생각을 했다. 그래서 동시에 얼굴에 팽팽한 긴장이 떠올랐다.

즉, 융황이 천검신문에 대해서 모든 것을 다 파악했다면 지금 당장이라도 이곳 낙성검가부터 대공격을 감행할 것이라는 생각을 한 것이다.

그런데도 기개세는 태연히 설명을 지었다.

"천검신문 문주가 사라지면 천검신문은 무용지물이다. 내 말이 맞나?"

"그렇습니다."

그가 왜 그런 말을 하는지는 모르지만, 삼신위는 입을 모아 공손히 대답했다.

"삼황사벌하고 대정숙이 싸우면 누가 이기겠나?"

"그야… 당연히 삼황사벌이지요."

"융황이 대정숙하고 싸우면?"

"그것도 역시 융황이 우세하지 않겠습니까?"

"그런데 대정숙이 있는 낙양성에는 천검사호문의 정예고수들이 모여 있다. 이렇게 되면?"

도기운은 고개를 가로저었다.

"그렇다면 융황으로서도 곤란하겠지요. 낙양성에 있는 것이 비록 천검사호문 전체가 아닌 일 할에도 못 미치는 정예고수들이라고 해도 융황 혼자서는 안 됩니다."

기개세의 미소가 조금 더 짙어졌다.

"바로 그거야. 나만 죽이면 천검신문은 무용지물이 된다. 나는 대정숙에 있다. 융황은 그 사실을 알고 있다. 그런데도 나를 죽이지 못하고 있다.”

비로소 삼신위와 혈마제 춘몽의 얼굴 표정이 밝아지면서 찬탄의 기색이 가득 떠올랐다.

그러나 옥마제와 적마제는 아직도 무슨 뜻인지 모르고 어리둥절한 표정만 지을 뿐이다.

그때 춘몽이 특유의 낭랑하면서도 콧소리가 잔뜩 섞인, 사내의 애간장을 녹이는 목소리로 말했다.

“그것은 천검사호문과 대정숙을 상대할 만한 삼황사벌의 세력이 아직 중원에 들어오지 않았다는 거예요. 고로, 융황 하나만 들어왔다는 것이고, 융황도 전부가 아니라 일부만 들어왔을 가능성이 크다는 거죠.”

기개세를 비롯한 모두들 춘몽을 보며 놀라는 표정을 지었다.

기개세는 자신이 할 말을 춘몽이 거의 완벽하게 대신했다는 사실에 놀랐다.

그리고 삼신위는 기개세가 한 말과 춘몽이 한 말이 아귀가 딱 맞아떨어져서 놀랐다.

옥마제와 적마제는 ‘쟤가 원래 저렇게 말을 잘했나?’ 하는 단순한 이유 때문에 놀라움을 떨치지 못했다.

그런데 춘몽은 아예 한술 더 떴다.

그녀는 손가락 하나를 세우고 방글방글 미소 지으면서 기개세를 바라보았다.

“주군, 마지막 세 번째는 천첩이 한번 맞혀볼까요?”

“으… 응, 그래.”

기개세가 엉겁결에 고개를 끄덕이자 춘몽은 뒷짐을 지고 천천히 실내를 오락가락 걸으면서 말했다.

“삼황사벌은 지난 세 번의 중원 침공에 패한 원인을 척후를 보내지 않았기 때문이라고 분석했어요.”

그것은 조금 전에 기개세가 한 말이다.

춘몽은 개의치 않고 풍만한 궁둥이를 실룩샐룩 흔들면서 벽 쪽으로 걸어갔다.

“그런데 패한 원인을 한 가지 더 알아낸 거예요. 바로 중원 내부에 자신들을 도울 세력이 없었다는 것이지요. 그러니까 조… 조… 뭐더라?”

그녀가 걸음을 멈추고 고개를 갸웃거리자 기개세가 추임새 넣듯이 가르쳐 주었다.

“조력자.”

“그래요, 조력자. 놈들은 조력자가 없어서 지난 세 번의 침공에 모두 패했다고 보고 이번에는 중원 침공 전에 든든한 조력자를 만들기로 했어요. 그래서 융황이 그 임무를 띠고 온 거예요. 척후로.”

삼신위가 듣기에는 그럴듯한 가설이다. 그들은 기개세를 쳐다보며 맞느냐는 표정을 지었다.

기개세는 신기하다는 표정을 지었다가 껄껄 웃었다.

"하하하! 혈마제의 말이 맞다. 그게 세 번째 이유다."

춘몽은 짤랑짤랑하게 교소를 터뜨렸다.

"오호호홋! 천첩의 이름은 춘몽이라고 해요. 주군께서는 특별히 '몽' 이라고 부르셔도 돼요."

기개세는 고개를 끄덕였다.

"이리 와라, 몽."

춘몽은 궁둥이를 살랑살랑 흔들면서 다가가 기개세의 팔 걸이에 궁둥이를 살짝 걸치고 앉았다. 오라고만 했는데 그녀는 겁도 없이 주군이 앉은 의자 팔걸이에 궁둥이를 걸치고 앉은 것이다.

"부르셨어요?"

다른 여자가 그녀처럼 행동을 한다면 필경 천박할 텐데도 이상하게 그녀는 그런 행동이 너무도 잘 어울렸다.

"몽, 너는 똑똑하구나."

사실 그녀는 글도 쓰지 못하는 일자무식이다. 오죽하면 조력자라는 말도 모르겠는가.

그러나 기개세가 말한 '똑똑하다' 는 것은 학식이 풍부하다는 것이 아니라 두뇌 회전이 잘된다는 뜻이다.

"그런 말 처음 들어요. 옥가는 항상 저를 '밥벌레' 라고 부르는 걸요?"

툭툭.

"하하! 너처럼 예쁘고 똑똑한 사람을 밥벌레라니, 옥가라는 자야말로 밥벌레에 머리통엔 똥만 들었구나.”

기개세는 춘몽의 엉덩이를 가볍게 두드리면서 웃으며 말했다. 그는 ‘옥가’가 누군지 모른다.

춘몽은 킥킥거리고 적마제는 빙그레 미소 짓는데, 옥마제의 얼굴은 썩은 돼지 간 색깔로 변했다.

“아하하핫! 주군께서 옥가더러 머리통에 똥만 들었대! 깔깔깔깔! 똥통이야, 똥통!”

옥마제의 잘생긴 얼굴이 정말 똥칠을 해놓은 것처럼 붉다 못해서 검게 변했다.

문득 기개세는 차분한 목소리로 정리를 했다.

“병법(兵法)의 첫째가 바로 척후다. 척후는 적에 대해서 미리 알아내는 것이다. 즉, 정보를 수집하는 것이지. 그러므로 자기를 알고 적을 알면 백전백승이라고 하지 않았는가.”

그의 다음 목소리가 모두의 마음을 가라앉게 만들었다.

“현재 삼황사벌은 우리를 알고 있지만, 우리는 그들을 모르고 있다. 어떻게 해야 하겠는가?”

삼신위와 삼마제는 기개세가 자신들에게 숙제를 낸 것이라고 생각했다.

그러면서 기개세는 그것에 대해서 이미 어느 정도 계획이 서 있을 것이라는 생각도 들었다.

하지만 머리 하나보다는 일곱이 나을 것이다. 그리고 이것은 삼신위와 삼마제를 시험하는 것일 수도 있다.

나란히 서 있는 천검사영 네 명은 너무 긴장하여 숨소리조차 내지 못하고 있었다.

그들의 앞에는 담무혁이 뒷짐을 진 채 뒷모습을 보이고 우뚝 서 있다.

이곳은 천검사신위가 낙성검가에 오면 사용하는 후원 쪽의 전각 내 뇌룡문주 담무혁의 방이다.

천검사영은 담무혁에게 불려와 이 방에 들어온 지난 일각 동안 속으로 별별 생각을 다 하고 있는 중이다.

"격아, 림아."

이윽고 뒷모습을 보인 채 담무혁이 조용히 입을 열었다.

"네, 숙부님."

"네, 고숙(姑叔)님."

도격과 우림이 공손히 허리를 굽혔다. 담무혁은 도격에겐 숙부고 우림에겐 고모부가 된다.

물론 진짜 피를 나눈 친족 관계는 아니다. 담무혁이 도기운의 의제이고, 우림의 죽은 모친이 담무혁의 손위 누나뻘이기 때문이다.

담무혁은 천천히 몸을 돌려 네 사람 앞에 우뚝 섰다.

"너희 둘의 천검사영 지위를 이 시간부로 박탈한다."

"……!"

도격과 우림의 얼굴색이 새하얗게 질려 버렸다.

천검사영의 지위를 박탈하다니, 그것은 차라리 죽으라고 하는 것보다 가혹한 일이었다.

두 사람은 딛고 선 바닥이 한없이 아래로 꺼져 들고 온몸의 피가 몸 밖으로 철철 흘러나가는 듯한 절망감을 느꼈다.

하지만 두 사람은 아무 말도 하지 못했다.

자신들이 저지른 엄청난 죄에 비하면 벌이 오히려 가볍다고 생각하기 때문이다. 제대로 치죄를 한다면 천검사영의 목을 베어야만 될 일이다.

냉혈녀 우림은 피가 나도록 입술을 깨물었다. 지금 이 순간 그녀는 오로지 한 가지 생각밖에 하지 않았다.

이 방에서 나가는 즉시 스스로 목숨을 끊으리라. 천검사영에서 박탈된 절망을 극복할 수 있는 방법은 그것뿐이다.

나운상의 늘씬한 몸이 조금 전부터 부들부들 떨리고 있다.

따지고 보면 그녀의 잘못이 가장 크다. 그런데 도격과 우림이 된통 벌을 받고 있는 것이다.

"상아, 기아."

"네… 아버님."

담무혁의 부름에 담신기만 짓밟히는 듯한 목소리로 겨우 대답했을 뿐, 나운상은 이미 정신이 아득해져서 후드득 눈물을 떨어뜨리고 사시나무 떨듯이 몸을 떨고 있을 뿐 대답을 하지 못했다.

"너희 둘은 주군께서 대정숙을 수료하시는 날 천검사영의 지위를 박탈하겠다.”

처음의 침묵보다 천 배 더 무겁고 슬픈 억겁 같은 침묵이 실내를 지배했다.

“물러가라.”

묵직한 담무혁의 말에 천검사영은 자신들이 어떻게 해서 방과 전각을 나왔는지도 자각하지 못하면서 비틀거리며 걸어 나왔다.

털썩!

얼마나 걸었을까. 갑자기 나운상이 온몸에 힘이 빠진 듯 앞으로 고꾸라지듯 쓰러졌다.

그러자 세 사람은 걸음을 멈추고 각기 다른 표정으로 나운상을 묵묵히 굽어보았다.

아무도 나운상을 부축하거나 위로하지 않았다. 그러기에는 마음이 너무 강퍅해져 있다.

나운상은 어깨를 들썩이며 낮게 흐느껴 울더니 잠시 후 고개를 들고 우림을 올려다보다가 와락 그녀의 발아래 머리를 조아리며 더욱 애처롭게 울었다.

“으흐흑! 언니, 미안해요.. 소녀가 잘못했어요.”

그녀는 자신의 절망을 잠시 한쪽으로 갈무리한 채 우림의 절망을 아파하며 또 미안해하고 있다.

나운상을 굽어보는 우림의 눈초리가 파르르 떨렸고, 눈에서 새파란 안광이 쏟아져 나왔다.

하지만 그녀는 끝내 한마디도 하지 않고 몸을 돌려 뿌옇게 동이 터오는 정원 사이로 걸어갔다.

이어서 도격과 담신기가 무거운 걸음으로 나운상의 곁을 떠났다.

아무도 나운상을 원망하지 않았다. 원망이라는 것은 용서할 여지가 있다는 뜻이다.

그러나 세 사람은 나운상을 용서하고 싶지 않은 것이다. 지금은 누굴 용서할 만큼 마음이 푸근하지 않았다.

주군에게 가장 큰 총애를 받고, 그와 한 침상에서 잘 정도의 나운상이 저지른 죄는 천검사영을 파멸의 구렁텅이로 밀어 넣어버렸다.

"으흐흐흑……."

나운상은 차가운 땅바닥에 얼굴을 묻고 몸부림을 치면서 오열했다.

주군을 주군으로서가 아닌 한 남자로 여기고 행동했던 것의 대가는 너무도 가혹했다.


"주군."

도격과 우림이 기개세를 찾아왔다. 마지막 예를 갖추기 위해서이다.

두 사람은 자신들의 초라한 모습을, 그리고 주군에게 동정을 바라는 듯한 모습을 보이고 싶지는 않았다.

하지만 주군을 그림자처럼 모시던 수하로서의 본분을 다
하려면 마지막 예를 갖추어야 한다.

기개세는 당궤(唐机:책상) 앞에 앉아서 뭔가를 쓰고 있다가
두 사람을 맞이했다.

"잠시나마 주군을 곁에서 보필할 수 있어서 속하들에게는
무상의 영광이었습니다."

두 사람은 기개세 발아래 부복했다. 이어서 평소 말수가 없
는 도격이 나직하지만 공손한 어조로 아뢰었다.

"무슨 일이냐?"

기개세가 의아한 얼굴로 묻자 도격과 우림은 아무 말도 하
지 못했다.

"너희들……."

순간 기개세는 퍼뜩 떠오르는 것이 있어서 뭔가를 말하려
다가 말끝을 흐렸다.

그러고는 그의 얼굴이 굳어졌다.

"해임되었느냐?"

그의 물음에도 두 사람은 대답하지 못하고 이마를 바닥에
대고만 있을 뿐이다.

슥―

두 사람의 대답을 들을 것도 없다는 듯 기개세는 붓을 놓고
자리에서 일어나 방문으로 성큼성큼 걸어갔다.

"신기와 상아를 불러서 모두 나를 따라오너라."

"주군!"

순간 도격과 우림은 깜짝 놀라서 동시에 고개를 들었다.

"안 됩니다. 가지 마십시오."

우림이 무릎걸음으로 급히 다가가 한 손을 뻗어 기개세의 바지 자락을 붙잡았다.

그녀는 기개세가 천검사신위를 찾아가서 꾸짖으려는 것이라고 생각했다.

그렇게 되면 이것은 집안 싸움이 되고 만다. 천검사신위가 문주의 수하이기는 하나 그전에 천검사호문 전체의 수장이기도 하다.

그런데 그들의 결정을 문주가 엎어버리면 그들의 얼굴은 뭐가 되겠는가.

또한 그리 되면 천검사영이 지위 박탈에 불복하여 문주를 찾아가서 억울함을 호소한 모양새가 되지 않겠는가.

그러므로 기개세의 행동은 천검사호문 전체를 뒤흔들어 놓을 수도 있는 것이다.

그래서 우림이 결사적으로 만류하는 것이다.

"어허, 가자는데 왜 이러느냐?"

기개세는 우림을 뿌리치며 다시 걸음을 옮기지만 한 걸음도 내딛지 못했다.

우림이 이번에는 아예 두 팔과 가슴으로 기개세의 다리를 끌어안아 버렸기 때문이다.

기개세는 눈물범벅인 우림을 굽어보다가 굳은 표정을 풀고 빙그레 엷은 미소를 지었다.

"내가 삼신위를 꾸짖을까 봐 그러느냐?"

"네……."

냉혈녀 우림이지만 기개세 앞에서는 영락없이 눈물 많은 어린 소녀다.

"그러지 않으마. 그러니 다리를 놓아라."

"정… 말인가요?"

우림은 눈물이 가득 담긴 커다랗고 맑은 눈으로 기개세를 올려보면서 확인했다.

도격은 그녀가 지금처럼 어리광 비슷한 것을 부리는 것을 한 번도 본 적이 없었다.

기개세는 허리를 굽혀 우림의 양쪽 겨드랑이에 두 손을 찔러 넣어 벌떡 일으켜 세웠다.

"따라와서 보면 되잖느냐?"

"속하들은 왜 따라가는 건가요?"

평소의 그녀라면 절대 이런 질문을 하지 않는다. 강둑이 무너지면 다시 보수를 하면 되지만, 마음의 둑이 무너지면 그 사람을 대할 때만큼은 죽을 때까지도 고칠 수가 없다. 그것이 진리다.

철썩!

"우림이 평소에도 이렇게 말이 많았느냐?"

기개세는 우림의 탱탱한 궁둥이를 소리 나게 때리고는 휘적휘적 걸어서 방을 나갔다.

우림은 두 손으로 자신의 궁둥이를 가리듯이 만지며 기개세의 뒷모습을 바라보았다.

철이 들고 난 이후 이날까지 어느 누구도 그녀의 궁둥이를 만진 사람은 없다. 하물며 때린 사람이 있겠는가.

도격이 지나가면서 슬쩍 쳐다보니 우림의 얼굴은 잘 익은 사과처럼 빨갛게 달아올라 있었다.

방문을 나서면서 도격은 생각했다. 만약 주군이 아닌 다른 사람이 우림의 궁둥이를 때리거나 만졌다면 남녀를 막론하고 목숨을 보존하지 못했을 것이라고.


동녘이 환하게 밝은 아침 진시(辰時:8시) 무렵.

한차례 태풍이 지나간 후라 삼신위는 각자의 거처로 돌아갔다가 다시 기개세의 부름을 받고 한자리에 모였다.

실내의 한쪽에는 삼신위가 일렬로 서 있고, 그 앞에는 기개세가, 그리고 그 뒤에 천검사영이 일렬로 늘어서 있다.

천검사영은 조마조마한 표정이고, 삼신위는 공손한 듯하면서도 딱딱하게 굳은 표정이다.

천검사영이 기개세를 앞세우고 지위 박탈을 항의하러 왔다고 판단했기 때문이다.

기개세가 천검사영의 지위 박탈을 철회하라고 명령한다면

그럴 수밖에 없다. 하지만 삼신위의 위상은 엉망이 되고 말 것이다. 그래서 삼신위의 마음은 납덩이처럼 무거웠다.

"삼신위."

이윽고 기개세가 착 가라앉은 목소리로 말문을 열었다.

"말씀하십시오."

도격이 입을 열고 세 사람은 공손히 허리를 굽혔다.

기개세는 세 사람을 차례차례 쳐다본 후 차분한 목소리로 말했다.

"천검사영의 임무는 문주인 나를 호위하는 것이지?"

"그렇습니다."

그가 다음에 무슨 말을 할 것인지 짐작하고 있는 도격이 대답했다.

"어젯밤에 일어난 일 때문에 사영의 지위를 박탈한 것인가?"

"그렇습니다."

"내가 잘못했다. 앞으로는 어디를 가더라도 반드시 사영과 함께 가겠네. 무덤까지도."

기개세가 그렇게 말할 줄 예상하지 못했던 삼신위와 천검사영은 적잖이 놀라 그를 쳐다보았다.

"부디 철회해 다오."

기개세는 간곡하게 말하며 깊숙이 허리를 굽혔다.

삼신위와 천검사영은 소스라치게 놀랐다. 설마 기개세가 용서를 구하면서 허리까지 굽힐 줄은 몰랐기 때문이다.

삼신위보다 더 놀란 것은 천검사영이다. 그들은 경악을 금치 못했다가 한순간 감격해서 몸을 부르르 떨며 주르르 눈물을 흘렸다.

감격에 겨운 천검사영에게 기개세의 목소리가 들렸다.

"사영은 내 팔이고 다리다. 사지를 잘라 버리면 내가 어떻게 움직이겠느냐?"

"주, 주군, 고개를 드십시오."

겨우 정신을 차린 도격은 여전히 허리를 굽히고 있는 기개세를 보며 당황해서 어쩔 줄을 몰라 했다.

"어젯밤의 일은 내 불찰이다. 너희는 내 지위를 박탈할 수 없으니까 대신 사영의 지위를 박탈한 것이다. 약속하겠다. 이후 무슨 일이 있어도 사영과 떨어지지 않겠다."

천검신문의 문주의 명령은 절대명령이다. 그러므로 구태여 이럴 필요 없이 그저 '천검사영 복귀'라고 한마디만 하면 간단하게 해결될 일이다. 대저 그 절대명령에 누가 토를 달겠는가.

그런데도 기개세는 수하들에게 허리를 굽히면서 자신의 불찰을 인정하고 또 굳게 약속까지 하고 있다.

이 정도면 족하지 않겠는가? 천검사영의 지위를 박탈하는 것이 목적이 아니라 문주를 제대로 호위하는 것이 목적이니까 말이다.

"제이기(第二期) 천검사영을 정해두었습니다."

도격의 난데없는 말에 기개세는 허리를 펴고, 천검사영은 깜짝 놀랐다.

제일기 천검사영은 지금 이곳에 있는 네 명이다. 그런데 제이기를 정했다면 천검사영의 지위 박탈을 철회할 수 없다는 뜻이 아닌가.

도격은 정색을 하고 진지한 얼굴로 말을 이었다.

"그들은 도격, 우림, 담신기, 나운상입니다."

기개세 뒤쪽에서 '흑! 아!' 하는 나운상과 우림의 탄성이 터져 나왔다.

"제일기 천검사영은 워낙 대죄를 저지른 터라 용서할 수가 없음을 이해하십시오. 문주께선 부디 제이기 천검사영을 잘 이끌어주십시오."

기개세의 눈동자가 가벼이 흔들렸다. 이래서 사나이들이란 정말 멋있지 않은가.

"알겠다."

가볍게 고개를 끄덕이며 말하는 그의 짧은 행동 속에는 꽤 많은 의미가 함축되어 있다.

천검사영은 모두 고개를 푹 숙인 채 눈물을 흘렸고, 삼신위의 입가에는 훈훈한 미소가 머금어졌다.


"눈 좀 붙여야겠다."

기개세는 자신이 묵는 전각 앞에 이르러 조용히 말했다.

삼신위와 헤어져서 이곳까지 오는 동안 기개세도 천검사영도 줄곧 침묵을 지키고 있었다.

도격과 담신기는 공손히 허리를 굽히고 물러갔고, 우림과 나운상은 기개세를 따라 방까지 갔다.

방문 앞에서 우림은 기개세 앞에 서서 눈물을 글썽이며 그를 바라보았다.

"주군, 뭐라고 감사의 말씀을 드려야 할지……."

슥—

그러자 기개세가 갑자기 팔을 뻗어 우림의 개미허리처럼 가느다란 허리를 감아 앞으로 슬쩍 당겼다.

"아……."

기개세와 우림의 몸 앞쪽이 빈틈없이 밀착되었다.

우림은 너무 놀라서 가슴이 미친 듯이 쿵쾅거렸다. 하지만 어떻게 할 수가 없어서 가만히 있을 뿐이다.

"림아, 나는 앞으로 너와 가까워지고 싶다."

기개세의 말에 우림의 가슴이 더욱 진동을 했다.

"무슨 말씀이신지……."

기개세의 배에 찌그러지듯이 밀착된 그녀의 젖가슴을 통해서 말발굽 소리 같은 심장 뛰는 소리가 기개세에게 고스란히 전해졌다.

그때 기개세의 손이 스르르 우림의 궁둥이로 흘러내리더니 가볍게 툭툭 두드렸다.

“하하! 나는 궁둥이가 예쁘고 튼실한 여자가 좋거든.”

그러고는 기개세는 우림을 놔주고 방문을 향해 돌아섰다.

우림은 쓰러질 듯이 크게 비틀거렸다. 도무지 정신을 차릴 수가 없다.

방금 전에 무슨 일이 일어났는지도 모르겠다. 그저 몸이 녹아서 스러져 버릴 것만 같다.

기개세가 방문을 열자 나운상이 공손히 허리를 굽혔다.

“그럼 안녕히 주무세요.”

그러자 기개세는 방 안으로 들어가며 중얼거렸다.

“삼신위에게 앞으로 사영하고 떨어지지 않겠다고 약속했으니 누군가 한 명은 내 곁에 있어야 하지 않겠느냐?”

그 말은 나운상에게 여태까지처럼 행동하라는 허락이다.

나운상은 왈칵 눈물이 쏟아져 앞이 보이지 않자 비틀거리면서 기개세를 따라 방 안으로 들어갔다.

탁.

방문이 닫히자 그녀는 앞선 기개세의 허리를 두 팔로 꼭 끌어안고 자신의 온몸을 밀착시켰다.

“고마워요. 정말로⋯⋯.”

그러고는 그의 등에 얼굴을 묻고 떨리는 목소리로 속삭였다.

방문 밖에 있던 우림은 막 돌아서려다가 방문 안쪽에서 들려오는 나운상의 목소리에 뚝 몸이 굳어버렸다.

"그런데… 소녀의 궁둥이보다 림 언니 것이 더 나은가요?"

우림의 얼굴에 가볍게 어이없는 표정이 떠올랐다가 곧 피식 실소가 머금어졌다.

전각 입구를 향해서 걸음을 옮기는 그녀는 왜 나운상이 기개세에게 그토록 집착을 하는지 조금쯤은 알 것 같은 심정이었다.

第七十二章
초토화된 세 여자

大夫
대사부

사시(巳時:오전 10시) 무렵.

괴상한 모양의 한 여자가 낙양성으로 들어섰다.

여자는 자그맣고 여린 체구에 무림의 남자들이 입는 갈의 경장을 입고 있으며, 쥐어뜯긴 듯 더벅머리가 된 머리카락은 떡이 지고 마구 헝클어졌고, 얼굴에는 두껍게 검붉은 칠을 한 모양이다.

그녀는 고꾸라질 듯이 비틀거리면서 걷고 있는데 금방이라도 엎어질 듯 불안하기 짝이 없는 모습이다.

그녀는 행인들이 많이 다니는 대로 한복판을 걷고 있어서 여러 사람과 부딪쳤다.

그럴 때마다 땅에 쓰러졌다가는 온몸을 바들바들 떨면서 힘겹게 일어나 다시 걸어갔다.

"뭐야, 이건?"

그때 마주 오던 건장한 사내가 여자와 부딪치자 그 자리에 우뚝 서서 눈을 부라렸다.

여자는 사내 앞에서 고개를 숙인 채 쓰러질 듯 상체를 좌우로 흔들면서 중얼거렸다.

"비켜라."

오른쪽 어깨에 큼직한 도를 메고 있는 사내는 어이없다는 표정을 지었다가 곧 주먹을 치켜들며 콧김을 뿜었다.

"이런 우라질 년이……!"

그러나 그는 말을 다 끝내지 못했다. 여자의 고사리 같은 주먹이 자신을 향해 빠른 속도로 쏘아오는 것을 발견했기 때문이다.

쩍!

"컥!"

여자의 고사리주먹은 사내의 턱을 아래에서 위로 짧게 끊어서 올려쳤다.

순간 사내의 커다란 상체가 뒤로 확 젖혀지더니 두 발이 허공으로 둥실 떠오르면서 일 장쯤 밀려갔다가 그대로 땅바닥에 내동댕이쳐졌다.

사내는 입에서 피와 게거품을 토해내며 혼절을 했다.

“하아… 하아아…….”

쿵!

그렇지 않아도 지칠 대로 지쳐 있던 여자는 과도한 힘을 사용한 나머지 그 자리에 무너지듯이 무릎을 꿇고는 어깨를 들먹이며 거칠게 헐떡였다.

행인들은 자기보다 두 배 이상이나 큰 사내를 주먹 한 방에 혼절시킨 여자를 보면서 눈을 휘둥그렇게 뜨고 놀라 그녀 주위에서 우르르 물러났다.

사실 여자는 몹시 다친 상태이고 극도로 지쳐 있었다. 만약 그렇지 않았다면 사내는 혼절이 아니라 턱이 박살 나서 즉사를 면치 못했을 것이다.

그녀는 다름 아닌 소랑이다.

고문자 중 한 명의 옷을 벗겨서 입은 후 동트기 전에 개봉성의 정린장을 탈출하여 한시도 쉬지 않고 달려와서 이제야 낙양성에 도착한 것이다.

평소의 그녀였다면 개봉성에서 낙양성까지 백여 리 거리를 반 시진이면 도착했을 것이다.

그런데도 이처럼 시간이 오래 걸린 이유는 그녀가 극도로 쇠약해진 상태였기 때문이다.

정린장을 탈출하여 새벽이슬을 맞으면서 달리기 시작할 때까지만 해도 그녀는 자신의 몸 상태에 대해서 제대로 알지 못했다.

그러나 지난 백여 일 동안 고문을 당했던 것이 누적이 되어 심신을 크게 해친 상태다.

가랑비에 옷이 젖듯이 백여 차례의 고문은 그녀를 만신창이로 만들어 버린 것이다.

게다가 하루에 한 번 주는 개밥만도 못한 것을 백여 일 동안이나 먹었으니 기운을 쓰지 못하는 것은 너무도 당연한 일이다.

정린장을 출발하고 처음에는 달렸으나 점차 속도가 떨어져서 채 절반도 이르기 전에 걷게 되어 이제야 기진맥진한 상태에서 낙양성에 도착한 것이다.

"하아악! 하아아……!"

이제 조금만 더 가면 되는데 소랑은 일어설 힘이 없었다.

그러나 이대로 주저앉아 있어서는 안 된다. 죽더라도 기개세를 보고 죽어야 한다.

그녀는 주위의 사람들을 향해 떨리는 손을 뻗었다.

"누가… 나를 낙성검가로… 데려다 줘요……."

그러나 사람들은 그녀를 둘러싼 채 쳐다보고 있으면서도 아무도 나서지 않았다. 그녀가 더럽기도 하지만 두렵기도 하기 때문이다.

"왜 낙성검가에 가려는 것이오?"

그때 소랑의 오른쪽에서 나직한 목소리가 들려왔다.

그녀가 쳐다보자 한 명의 청년이 한쪽 무릎을 굽힌 자세로 앉아 그녀를 응시하고 있었다.

"나신효……."

소랑은 그를 보는 순간 누군지 즉시 알아차렸다.

예전에 그녀가 처음 낙성검가에 잠입하려다가 발각되어 치도곤을 치르자, 기개세가 나신효를 불러 그녀를 소개시켜 주면서 이후 무사통과시켜 주라고 명령한 일이 있었다.

하지만 그녀의 모습이 워낙 망가지고 달라져서 나신효는 그녀를 알아보지 못했다.

"나를 아시오?"

나신효는 가볍게 놀라며 물었다. 그는 거의 모습을 드러내지 않기 때문에 알아보는 사람이 극히 드물다. 그런데도 소랑이 단번에 알아본 것이다.

"나는 소랑이에요."

"소랑."

물론 나신효는 소랑을 기억하고 있다. 기개세는 그녀를 자신의 여동생이라고 소개했었다.

"이게 어떻게……."

"어서 나를 오빠에게……."

크게 놀라는 나신효에게 소랑은 두 손으로 땅을 짚으며 간신히 말했다.

나신효는 소랑을 안고 벌떡 일어나 낙성검가를 향해 달리기 시작했다.

그는 소랑의 몸이 지푸라기처럼 가볍다고 느꼈다.

한 시진가량 눈을 붙인 기개세는 침상에 누운 채 나운상에게 명령했다.

"소효령과 우림을 불러라."

"으응……."

그러나 나운상은 아직 자고 있는 중이라서 잠결에 콧소리를 내며 입술로 기개세의 뺨을 비볐다.

그녀는 언제나처럼 지금도 위에는 젖 가리개, 아래는 속곳만 걸친 채 자고 있다.

그리고 역시 잘 때마다 늘 그렇듯이 기개세 옆에 누워서 한 팔과 다리로 그의 몸을 얼싸안고 있다. 그녀의 몸 반쪽을 아예 기개세 몸 위에 얹고 있는 모습이다.

천검사영의 지위를 박탈당하여 울고불고 했던 것이 불과 몇 시진 전이다.

그런데도 그녀는 기개세와 잠자리에 들면서 옷을 훌훌 벗어던지고 순식간에 예전으로 되돌아간 것이다.

그것은 그녀를 탓할 일이 아니다. 기개세 옆에만 있으면 완전히 무장해제가 되기 때문에 어쩔 수가 없다.

또한 기개세는 옷을 입고 자는 것을 싫어하고, 맨살이 맞닿는 것을 좋아한다.

더구나 남녀가 서로 안고 자는 것을 매우 좋아하기 때문에 나운상은 거기에 맞춘 것이다.

그런 버릇들은 기개세에게 배웠으나 지금은 그러는 것을 기개세보다 더 좋아하게 되었다. 늦게 배운 도둑질에 날 새는 줄 모른다더니 그녀가 딱 그렇다.

남녀가 이성(異性)의 벽을 허물고 친밀해지는 것은 어떤 특별한 계기가 있어야만 가능한데, 기개세와 나운상은 그럴 필요가 없었다.

그저 늘 같이 붙어 있고, 잘 때는 거의 벌거벗다시피 한 채 끌어안고 자기 때문에 벽이라는 것이 존재했는지도 모르고, 만약 그런 것이 있었다면 언제인지도 모르는 사이에 허물어져 버린 것이다.

"상아, 내 말 들었느냐?"

기개세가 묻자 나운상은 눈도 뜨지 않은 채, 그리고 잠이 깨지 않은 목소리로 중얼거렸다.

"응… 들었어요."

그러고는 그의 몸으로 기어올라 와서 아예 엎드려 버렸다. 역시 동문서답이다.

기개세가 여자를 워낙 좋아하고—사실은 여자의 실체를 모르고 그저 막연하게 좋아하는 것이지만—여자와 접촉하고 또 알몸으로 부대끼는 것을 즐기기 때문에 나운상이 응석을 부리는 것이 그다지 싫지는 않았다.

나운상이 기개세의 몸 위로 올라온 것은 어떤 목적이 있기 때문이다.

그녀가 하체를 비비면 기개세의 음경이 어김없이 단단해지고, 그러면 그것을 은근히 즐기려는 것이다.

물론 기개세는 속곳을 입었고 그녀도 입고 있어서 직접적인 접촉은 아니다.

그래도 그녀는 기개세의 단단한 음경이 자신의 은밀한 부위를 뚫을 것처럼 찌르는 느낌을 좋아한다.

그런 행위는 잠자리이고 이불 속이니까 가능하다. 침상을 벗어나면 기개세가 한번 해보라고 시켜도 절대 하지 못할 그녀다. 순전히 잠자리에서만 할 수 있는 행동이다.

나운상은 안 그런 척하면서 기개세 가슴에 뺨을 묻고는 말을 타듯이 궁둥이를 살랑살랑 아래위로 흔들면서 자신만의 쾌감에 깊이 빠져들었다.

"인석아, 일어나래도."

벌떡!

그때 기개세가 벌떡 일어나 침상에서 내려오자 나운상은 그의 목을 두 팔로 꼭 끌어안고 두 다리로 허리를 감은 채 떨어지지 않았다.

"이 녀석이?"

쿡!

"악!"

기개세가 활짝 벌어진 그녀의 궁둥이 계곡 사이로 손가락을 찌르자 그제야 나운상은 비명을 지르면서 그의 몸에서 폴짝 내려왔다.

손가락에 찔린 항문의 아픔과 음경에 찔린 은밀한 부위의 쾌감이 동시에 전해졌으나 둘 다 나쁘지는 않았다.


언제 그랬느냐는 듯 나운상은 의자에 의젓하게 앉아 있는 기개세 뒤에 예의 차가운 표정으로 우뚝 서 있다.

"앉으십시오."

기개세는 불안한 표정으로 앞에 서 있는 소효령에게 의자를 가리켰다.

소효령은 당황해서 두 손을 저었다.

"괜… 찮습니다. 제가 어찌 감히……."

양수하로 가는 관도상의 싸움에서, 그리고 쌍봉루에서는 무척이나 기개세를 가깝게 느꼈던 그녀지만 지금은 다시 원래의 신분을 되찾은 모습이다.

기개세는 그녀를 억지로 앉히면 불편해할 것 같아서 그대로 두고 말을 시작했다.

"장모님께선 오늘부터 이 전각에 머무르십시오."

뜻밖의 말에 소효령은 깜짝 놀랐다.

"제가… 말입니까?"

"그렇습니다. 불편함이 없도록 조치할 테니까 편히 계셨으면 좋겠습니다."

소효령은 기쁜 표정을 지었다. 하지만 잠시 후에는 복잡한 표정으로 바뀌었다.

"군아는 제 마음대로 할 수가 없습니다. 어릴 때부터 워낙 고집이 세서……."

기개세가 헤어진 소옥군과 다시 잘해보려고 자신에게 잘 대해주는 것이라고 생각한 것이다.

기개세는 빙그레 미소를 지었다.

"군아 때문이 아닙니다. 제가 장모님을 가까이에서 모시고 싶어서 그러는 것입니다."

그 말에 소효령은 기쁜 마음이 들면서도 씁쓸했다. 기개세 곁에 머무를 수 있어서 기쁘지만, 그가 그러는 것이 '장모'로서 예의를 다하는 것이기 때문에 씁쓸한 것이다.

"하지만 군아는……."

기개세는 소효령이 무슨 말을 하려는 것인지 짐작하고 있다.

그리고 그녀가 그 말을 하기가 어려울 것이라 여기고 말을 잘랐다.

"저는 군아가 내 여자라는 생각에는 변함이 없습니다. 그리고 언젠가는 군아가 저에게 돌아올 것이라 믿고 있으니까 장모님께서는 심려하지 마십시오."

소효령은 무슨 말인가 하려는 듯 입술을 쫑긋거리다가 이윽고 허리를 굽혔다.

"잘 알겠습니다."

기개세는 소효령이 낙성검가에 묵고 있다는 사실을 보고를 통해서 오래전부터 알고 있었다.

그녀가 겉으로 드러나지 않고 조용한 생활을 원하는 것 같아서 모른 체하고 있었다.

하지만 이번의 습격 사건에 소효령이 표면적으로 드러났고, 그녀가 자신의 목숨을 돌보지 않은 채 기개세를 살리려고 했던 사실에 크게 감명을 받아 그녀를 곁으로 불러들이려는 것이다.

"장모님, 제가 한 가지 부탁을 드려도 되겠습니까?"

소효령은 처음에 기개세를 봤을 때와 지금의 그가 천양지차로 변했음에 내심 감탄하고 있다가 얼른 대답했다.

"부탁이라니 당치 않습니다. 천첩의 목을 내놓으라고 해도 당장 그러겠습니다."

그녀는 말하는 중에 자신을 '천첩'이라고 칭했다. 일부러 그런 것이 아니라 심중에 있던 생각이 말이 되어 그냥 무심결에 튀어나온 것이다.

'천첩'이라는 말은 여자가 남편이나 정인을 상대로 자신을 지칭하는 말이다.

그 말을 해놓고 소효령은 아차 하는 표정으로 깜짝 놀라 조심스럽게 기개세의 표정을 살폈다. 하지만 그는 별로 개의치 않는 모습이다.

오히려 뒤에 서 있는 나운상이 상큼 눈을 치켜뜨면서 민감한 반응을 보였다.

그러나 소효령은 나운상의 반응 따윈 상관하지 않았다. 기개세가 아무렇지도 않으면 그것으로 된 것이다.

그래서 그녀는 속으로 묘한 쾌감을 느꼈다. '천첩'이라는 한마디로 인해서 자신과 기개세가 하나의 끈으로 연결됐다는 자기만족을 맛본 것이다.

"운예문의 고수들을 불러와 장모님 측근에 데리고 있도록 하십시오."

기개세의 말에 소효령은 눈을 동그랗게 떴다.

"그래도… 되나요?"

"물론입니다. 그렇게 하면 장모님께서도 적적하지 않으실 테고, 또 우리 쪽 전력(戰力)도 보강되니까 일석이조가 아니겠습니까?"

사실 날고 기는 천검사호문 고수들이 득실거리고 있는데 운예문 고수들이 가세하는 것은 별로 도움이 되지 않는다.

"고… 마워요."

소효령은 가슴이 싸아해지면서 눈시울이 붉어졌다.

"그리고 이제부터는 제 이름을 부르십시오. 장모님께서 제게 공손하게 대하시니까 불편합니다."

"……."

소효령은 말을 하지 못하고 고맙고도 감격한 표정으로 말끄러미 기개세만 바라볼 뿐이다. 그런 그녀의 눈에서 급기야 눈물이 주르르 흘러내렸다.

"한번 불러보십시오."

"천첩이 어떻게……."

소효령은 당황해서 얼굴이 붉어졌다. 그러면서 그녀는 또 다시 자신을 '천첩'이라고 했다.

"제 이름을 부르시면 우린 더 가까운 사이가 될 것입니다. 저는 그러기를 원합니다."

그때 문득 소효령의 마음 한구석에서 슬며시 흑심이 싹터 올랐다.

그것은 언감생심 꿈도 꾸지 못할 요구였으나, 그녀는 지금 같은 붕 뜬 분위기에 취해서 그것을 깨닫지 못했다.

"그렇다면… 저도 부탁이 있어요."

"무엇이든 말씀하십시오."

"그대도 천첩과 똑같이 하세요."

흑심이 드디어 밖으로 나오고 말았다. 더구나 그녀는 문주 를 '그대'라 부르고, 세 번째로 자신을 '천첩'이라고 칭했다. 이제는 '천첩'이 입에 밴 것 같았다. 그녀는 그 말이 입에 뱄 으면 좋겠다고 생각했다.

"똑같이라니 무슨 말씀이신지……?"

"그대도 천첩의 이름을 부르고 하대를 하세요. 그럼 천첩 도 그렇게 하겠어요."

기개세는 원래 격의가 없고 화통한 것을 좋아한다. 친어머니와 양어머니에게도 반말을 하는데 장모라고 못할 것도 없다는 생각이다. 하지만 예의상 한 번 슬쩍 튕겨보았다.

"제가 어떻게……."

소효령은 금세 샐쭉한 표정을 지었다.

"그럼 천첩도 하지 않겠어요."

듣고 있는 나운상은 기가 막혔다.

기개세가 소옥군을 평생의 반려로 생각하는 것까지는 어떻게든 이해하겠는데, 그녀의 모친이 이렇게 나오자 어이가 없어서 말문이 막혔다.

도대체 무엇을 하자는 수작인지 알 수가 없으나 지금으로선 지켜보는 수밖에 없다.

그러자 기개세는 예전 무창성 시절의 규칙이나 예절, 절차를 귀찮아하던 번문욕례(繁文縟禮)의 성격이 슬며시 피어나서 빙그레 미소를 지으며 입을 열었다.

"하하하! 알았으니까 효령도 나를 불러봐."

소효령은 펄쩍 뛸 듯이 기뻐했다. 그녀는 지금 자신이 꿈을 꾸고 있는 것만 같았다.

"영."

"영아라고 해야지."

"영아."

"하하하! 좋다, 좋아!"

그는 손바닥으로 무릎을 두드리며 진심으로 기뻐했다.

그의 생각은 단순하다. 서로 하대를 하는 것은 그만큼 가까워졌다는 뜻이다.

소효령은 소옥군의 모친이니까 친어머니나 양어머니만큼 가까워져야 할 필요가 있었다.

그때 방문 밖에서 조용한 목소리가 들렸다.

"속하 우림입니다."

"들어오너라."

방문이 열리고 조심스럽게 들어서던 우림은 기개세 앞에 서 있는 소효령이 자신을 바라보고 있는 것을 발견하고 가볍게 표정이 변했다.

갑작스런 우림의 등장에 소효령은 바짝 긴장했다. 곁에 기개세가 있고 그에게 특별한 대우를 받고 있지만 우림은 여전히 무서운 존재다.

한차례 슬쩍 소효령을 쳐다보는 우림의 눈빛이 가볍게 번뜩였다.

그녀의 눈빛은 '당신이 어째서 이곳에 있는 거지? 라고 꾸짖는 듯했다.

순간 소효령은 자신도 모르게 움찔 몸을 떨며 한 걸음 뒤로 물러섰다.

"부르셨습니까?"

기개세는 두 여자의 미묘한 알력(軋轢)을 눈치챘으나 짐짓 모른 체하며 고개를 끄덕였다.

"가까이 와라."

그는 우림이 소효령을 못마땅하게 여긴다는 사실을 진작부터 알고 있었다.

한 여자는 장모이고 또 한 여자는 그림자 같은 수하다. 그러므로 그는 여하히 두 여자의 심기를 건드리지 않는 한도 내에서 그녀들이 다 만족할 만한 결과를 이끌어내야만 하는 것이다.

물론 기개세의 명령 한마디면 깨끗이 해결된다. 하지만 그것은 표면적일 뿐이다.

명령을 수행하는 우림은 분노나 불쾌함을 억누를 것이고, 소효령은 불안에 떨 것이다. 그렇다면 그것은 원만한 해결이라고 할 수가 없다.

우림과 소효령은 앞으로 오랫동안 기개세와 함께 생활하게 될 텐데, 그런 껄끄러운 상황을 계속 유지하는 것은 어려울 터이다.

이런 상황에서 지혜로운 상전이라면 딱딱한 명령보다는 부드러운 조화를 발휘해야 한다.

우림이 주춤거리면서 다가오자 기개세는 불쑥 손을 내밀어 그녀의 허리를 안았다.

"아!"

그녀가 깜짝 놀라 나직한 탄성을 터뜨렸을 때에는 이미 기개세의 의자 팔걸이에 궁둥이를 걸치고 있었다.

갑작스런 상황에 나운상과 소효령은 똑같이 놀라서 눈을 크게 떴다.

그러나 기개세는 그녀들의 반응에는 신경 쓰지 않고 곁에 앉은 우림의 허리에 팔을 두른 채 온화하게 말했다.

"림아, 우리가 좀 더 가까워질 필요가 있다고 내가 말했던 것을 기억하느냐?"

"속하는……."

정신이 반쯤 나간 우림은 말을 잇지 못했다. 하지만 기개세가 불과 한 시진쯤 전에 말했던 것을 기억하지 못할 리가 없다.

"앞으로 너도 상아처럼 내 곁에서 나를 호위하도록 해라."

"……."

"알았느냐?"

기개세는 자신의 뒤에 서 있는 나운상의 두 눈이 커다랗게 떠지고 등잔불 같은 안광이 줄줄이 쏟아져 나오고 있다는 것에는 신경도 쓰지 않고 우림의 군살 하나 없이 날씬한 허리를 만지작거리던 손을 스르르 내려뜨려서 그녀의 허벅지를 부드럽게 쓰다듬었다.

순간 우림의 몸이 빳빳하게 경직됐고 온몸의 피가 모조리 빠져나가는 듯한 생전 처음 접하는 괴이한 느낌이 그녀를 휘감았다.

기개세는 우림의 허벅지와 아랫배가 교차하는 움푹 들어
간 골을 손가락으로 쓰다듬듯 간질이며 말을 이었다.

"왜 대답이 없느냐? 싫으냐?"

"아… 아닙니다."

방금 전까지만 해도 우림은 만약 남자가 자신의 몸에 손을
대면 벌레나 뱀이 닿는 것처럼 징그러울 것이며 그것을 절대
용서하지 않겠다는 단호한 신념을 갖고 있었다.

그러나 그것은 잘못된 신념이었다. 지금 그녀는 기개세의
손가락이 닿은 부위가 찌릿찌릿하고, 마치 그 부위에서 속곳
속의 은밀한 부위가 질긴 끈으로 연결된 것처럼 당겨지는 듯
한 느낌을 받았다.

그리고 그런 짓을 하고 있는 기개세를 응징하겠다는 생각
은 터럭만큼도 품지 않았다.

"아…….."

문득 전혀 예상하지 못했던 달뜨고 촉촉한 신음이 반쯤 벌
어진 그녀의 입술 사이로 한숨처럼 흘러나왔다.

나운상도 소효령도 기개세의 손가락을 뚫어지게 주시하면
서 우림 못지않은 기이한 찌릿함을 느꼈다. 마치 기개세의 손
가락이 자신들을 만지는 듯한 착각이다.

"하하! 대답 소리가 묘하다만, 그걸 대답으로 알겠다."

우림을 여자로서 여겨서 뭘 어떻게 해볼 생각 같은 것은 추
호도 없는 기개세는 명랑하게 웃으면서 이제는 손을 그녀의

아랫배로 가져가 아래위로 슬슬 쓰다듬었다. 그로서는 별 의미가 없는 행동이다.

"조만간 운예문의 고수들이 이곳에 도착할 테니까 너는 그녀들이 묵을 장소를 마련해 주고 앞으로 효령하고 사이좋게 지내거라."

우림은 여전히 대답을 하지 못했다. 그 대신 벌어진 입술 사이로는 뜨거운 입김이 흘러나왔고, 그녀조차도 느끼지 못하는 사이에 상체가 기울어져 기개세의 어깨에 기댔으며, 그가 좀 더 자신의 몸을 잘 만질 수 있도록 몸이 스스로 알아서 개방되고 있었다.

철썩!

"하하! 됐다. 이제 그만 가봐라."

"어머?"

그때 기개세가 우림을 벌떡 일으키더니 탱탱한 궁둥이를 소리 나게 때리며 웃었다.

그 바람에 우림은 평생 한 번도 내보지 않았던 '어머' 라는 비명을 터뜨리고 말았다.

그녀는 어떻게 방을 나왔는지도 모르는 사이에 방 밖에 서서 등 뒤로 문을 닫았다.

이어서 그녀의 시선이 자신의 아랫배로 향했다.

찌릿찌릿한 느낌이 아직까지도 그곳에 생생하게 남아 있다.

갑자기 다리의 힘이 풀렸다. 아니, 온몸의 맥이 탁 풀렸다.

스르르.

그러고는 그 자리에 주저앉았다.

그녀의 귓가에 기개세의 말이 맴돌았다.

"앞으로 너도 상아처럼 내 곁에서 나를 호위하도록 해라."

기개세는 자리에서 일어나 문으로 걸어가며 말했다.

"효령, 지금부터 내 옆방을 쓰도록 해."

털썩! 털썩!

그런데 대답 대신 소효령과 나운상이 동시에 그 자리에 주저앉았다.

기개세는 의아한 얼굴로 두 여자를 쳐다보다가 소효령을 부축해서 일으켰다.

"왜 그래, 효령? 어디 아픈 거야?"

"아아……."

기개세의 손이 몸에 닿자 소효령은 자지러지는 듯 몸을 떨면서 신음을 토해냈다.

기개세는 안색이 변해 그녀의 이마를 짚어보았다. 이마가 불덩이 같고 입에서는 뜨거운 입김이 흘러나왔다.

"이런, 많이 아픈 모양이군."

이어서 그는 소효령을 번쩍 안고 방을 나왔다. 그녀에게 쓰라고 한 옆방 침상에 눕히기 위해서다.

그런데 그는 방을 나서다가 방 밖의 바닥에 퍼질러 앉은 채 늘어져 있는 우림을 발견하고 깜짝 놀랐다.

"림아!"

"주… 군."

우림은 화들짝 놀라 일어서려고 했으나 몸을 바들바들 떨 뿐 뜻을 이루지 못했다.

기개세는 자신이 안고 있는 소효령과 방문 밖에 앉아 있는 우림, 그리고 방 안에 주저앉아 있는 나운상을 번갈아 쳐다보고는 알 수 없다는 듯 고개를 절레절레 가로저었다.

사랑하는, 그리고 존경하거나 흠모하는 사내의 아무렇지도 않은 행동이 세 여자를 초토화시킬 수도 있다는 사실을 기개세는 모르고 있었다.

# 第七十三章

우춘몽 좌우지화

대사부

기개세는 나운상, 우림의 호위를 받으면서 육대명왕이 연공실로 사용하고 있는 전각으로 가고 있었다.

딱히 육대명왕에게 볼일이 있는 것은 아니다. 사실 그는 머릿속이 너무 복잡해서 아까 한 시진 동안 눈을 붙일 때도 자는 둥 마는 둥 했다.

지금도 그의 머릿속을 가득 점령하고 있는 생각은 헤아릴 수 없이 많았다.

융황과 혈룡궁의 관계는 구체적으로 무엇인가.

그들의 목적이 기개세 자신을 암살하는 것 외에 또 무엇이 있는가. 있다면 어느 정도 진척이 되고 있는가.

융황이 척후로 중원에 잠입을 했다면 얼마나 많은 정보를 입수했을까.

그리고 삼황오제가 본격적으로 중원 침공을 개시하는 시기는 과연 언제인가.

거기에 대해서 기개세 자신과 천검신문, 그리고 중원무림은 얼마나 준비가 되어 있는가.

뚝.

문득 그의 걸음이 정원 한가운데에서 멈춰졌다.

'그자는 누군가?

백여 일쯤 전에 대정숙 밖에서 능소당으로 금빛 화살을 쏘아댄 괴인물에게 생각이 미쳤다.

[주군!]

그때 허공중에서 전음이 들려왔다. 기개세는 그 목소리가 나신효라는 것을 즉시 알아차렸다.

[죄송하지만 주군의 방으로 와주십시오.]

주군더러 오라 가라 하다니 건방지기 짝이 없는 요구다.

하지만 기개세는 즉시 몸을 돌려 자신이 왔던 길을 나는 듯이 달려갔다.

그는 평소에 침착하기 짝이 없는 나신효의 목소리가 몹시 긴장하고 있다는 사실을 감지했다.

급한 일에는 예의나 격식 따위는 무시해도 된다.

그는 달려가면서 부디 나쁜 일이 아니기를 빌었다.

나운상과 우림은 기개세가 갑자기 왔던 길을 다시 달려가
자 영문도 모른 채 전력으로 뒤따랐다.


왈칵!
급히 방문을 열고 안으로 뛰어들어 간 기개세는 침상 옆에
나신효가 서 있는 것을 발견했다.
"주군."
나신효는 공손히 예를 취했다.
그러나 기개세는 인사를 받는 둥 마는 둥 시선은 침상에 누
워 있는 사람에게 향했다.
"랑아!"
그녀가 어떤 몰골이든, 어떤 옷을 입고 있든 기개세는 한눈
에 소랑을 알아보았다.
그는 크게 놀라 한달음에 침상으로 달려갔다.
"오… 빠……."
늘어지듯이 누워 있던 소랑은 기개세를 발견하고 일어나
려고 안간힘을 썼다.
"그냥 누워 있어라."
기개세는 침상에 걸터앉으며 소랑의 어깨를 잡고 일어나
지 못하게 했다.
나운상과 우림은 소랑을 처음 보지만 기개세와 그녀의 대
화를 듣고 그녀가 '소랑' 이라는 사실을 즉시 깨달았다.

예전에 나신효는 낙성검가에 주둔해 있는 천검사호문 고수들, 즉 천호고수 모두에게 소랑의 생김새를 설명해 주면서 이후부터는 그녀가 무슨 행동을 해도 절대 제재해서는 안 된다는 기개세의 명령을 전해주었었다.

기개세의 눈에 제일 먼저 띈 것은 소랑의 왼쪽 눈이다.

피와 때가 범벅이 되어 두꺼운 더께가 입혀진 듯한 얼굴이지만, 그는 소랑의 왼쪽 눈을 비스듬히 가로지르는 검상을 또렷하게 식별해 냈다.

"랑아, 네 눈이 어떻게 된 것이냐?"

그는 두 달 전 외박을 나왔을 때 소랑을 만나지 못했었다. 그녀가 어디론가 사라지고 없었기 때문이다.

그래서 그녀가 무창성 사도총련 집으로 돌아갔나 보다 하고 편하게 생각했었다.

그런데 느닷없이 이런 몰골로 나타났으니 그저 놀라워서 할 말을 잃고 말았다.

"오빠… 제 말부터 들어요……."

소랑은 차츰 안정을 되찾으면서 숨결이 안정되었다.

"백 일쯤 전에… 누가 오빠에게… 금빛 화살을 여러 대 쏘지 않았나요?"

기개세와 나운상 등은 적이 놀랐다.

그 당시에 대정숙의 정경고수들이 능소지에 금빛 화살을 마구 쏘아댄 괴인물을 추격했으나 놓치고 말았고, 이후 그 일은 미궁에 빠졌다.

"네가 그것을 어떻게 아느냐?"

"그자가 있는 곳을 알아요."

소랑의 입술이 일그러졌다. 미소를 지으려고 하는데 잘 되지 않아서 일그러진 모양이 된 것이다.

순간 기개세의 뇌리를 번쩍 스치는 것이 있다.

"너… 그때 그자를 추격했었느냐?"

"네……."

"이 녀석……."

기개세는 소랑의 얼굴과 머리카락을 쓰다듬으며 뭐라고 말을 해야 할지를 몰랐다.

"헤에, 그런데… 그자에게… 제압을 당해서……."

소랑은 멋쩍은 미소를 지으면서 쑥스럽게 말했다. 또다시 입술이 일그러졌다.

"뭐야?"

그녀가 제압을 당했다면 지금까지 어딘가에 감금되어 있었다는 뜻이다.

그리고 그동안에 필경 고문을 당했을 것이다. 그리고 소랑이 이곳에 있다는 것은 그자로부터 탈출을 했다는 것을 의미한다.

좌악!

번뜩 무엇에 생각이 미친 기개세는 소랑이 입고 있는 커다란 갈의 경장을 거칠게 잡아 뜯듯이 열어젖혔다.

지켜보고 있던 나신효는 급히 돌아섰다.

그러자 너무도 참혹한 광경이 모두의 눈앞에 드러났다.

원래도 조그만 체구인 그녀였는데, 지금은 뼈만 앙상하게 남은 몸에 딱딱한 피딱지가 상체를 거북이 등처럼 뒤덮은 모습이었다.

나운상과 우림은 원래 큰 눈을 더욱 크게 부릅뜨고 소랑의 몸을 쳐다보았다.

잠시 살펴보던 두 여자의 눈이 더 커졌다. 그리고 얼굴에는 경악이 가득 떠올랐다.

누군가 소랑의 상체 피부를 조각조각 잘라서 떼어냈다는 사실을 깨달은 것이다.

상처의 크기가 다 제각각이며, 수백 개에 달하는 것으로 미루어 수십 차례에 걸쳐서 피부를 잘라서 떼어낸 것이 분명했다.

상체가 그렇다면 하체도 보나마나 똑같을 것이다. 누군지는 몰라도 고문을 가한 자는 소랑의 온몸 피부를 조각조각 떼어낸 것이다.

나운상과 우림은 경악을 금치 못했다.

만약 누군가 그녀들의 피부를 몇 조각만 떼어낸다면, 그 고통을 이기지 못하고 혼절을 하거나 자신이 알고 있는 것들을 모조리 실토하고 말았을 것이다.

그런데 도대체 과연 무엇이 이 조그만 소녀로 하여금 그 치떨리는 고통을 견뎌내게 했단 말인가.

그 해답을 나운상과 우림은 알고 있었다. 소랑은 끝까지 죽지 않고 살아남아서 기개세를 해치려던 그자에 대해서 알려주고 싶었던 것이다.

오로지 그 일념으로 처절한 고통과 치열하게 싸웠고, 기어코 탈출을 하여 기개세의 품으로 돌아온 것이다.

나운상과 우림으로서는 흉내조차 낼 수 없는 일이다. 아니, 무림에 그런 일이 있었다고 들어본 적도 없었다.

두 여자는 소랑의 숭고한 희생에 감격하여 후드득 눈물을 마구 쏟아냈다.

그러다가 문득 기개세를 쳐다보았다. 자신들이 이 정도인데 과연 그는 얼마나 충격을 받았을까 염려가 됐다.

순간 두 여자의 얼굴에 놀라움이 가득 떠올랐다.

기개세의 얼굴은 보기 싫게 일그러졌으며, 두 눈에서는 시퍼런 안광이 줄기줄기 뿜어졌고, 악다문 어금니에서는 이 가는 소리가 흘러나왔다. 또한 몸을 부들부들 격렬하게 떨었다.

그것은 활화산 같은 분노다.

두 여자는 기개세의 그런 모습을 처음 보았다. 그로 미루어 그가 얼마나 분노하고 있으며, 소랑을 아끼는지를 충분히 짐작할 수 있었다.

또한 나운상과 우림은 자신들이 소랑과 같은 처지에 놓이

면 기개세가 똑같이 분노할 것이라는 사실을 믿어 의심하지
않았다.

우림은 자신의 막내동생인 우연이 남궁엽에게 죽은 것에
대한 복수를 기개세가 취봉문에게 전적으로 맡기고, 천검사
영인 우림에게도 남궁가 삼족을 멸할 수 있는 기회를 주었다
는 사실을 새삼 떠올렸다.

그녀는 가슴 밑바닥에서 뜨거운 것이 뭉클뭉클 솟구치는
것을 느꼈다.

그것은 기개세에 대한 존경심과 충성심이다. 그녀는 기개
세를 위해서라면 목숨 따윈 추호도 아깝지 않다고 거듭해서
다짐했다.

우림이 그 정도이거늘 나운상이야 더 말할 나위가 없다.

소랑은 기개세의 분노를 보고는 소리없이 방울방울 눈물
을 흘렸다.

그러고는 살아남기를 잘했다고, 기어서라도 오빠 곁으로
돌아오기를 정말로 잘했다고 속으로 수없이 되뇌었다.

기개세는 떨리는 손으로 소랑의 상체를 쓰다듬었다.

소랑을 바라보는 그의 두 눈과 얼굴에는 미안함과 애잔함
이 물결처럼 넘실거렸다.

어떤 상처는 이미 말라붙어서 딱지를 이루었고, 어떤 상처
는 생긴 지 얼마 되지 않아서 피가 흥건했다.

기개세는 소랑이 아프지 않도록 조심하면서 그녀의 몸을

조금씩 더듬어 나갔다.

마치 그녀가 고문을 받을 당시에 얼마나 고통스러웠는지를 자신도 느껴보려는 듯, 혹은 자신의 손길로 상처를 치료하려는 듯 경건하고도 정성껏 쓰다듬었다.

소랑의 복숭아 정도 크기의 젖가슴은 절반으로 작아져서 쪼그라져 있었다. 너무 먹지 못해서 극도의 영양 결핍 때문이었다.

기개세의 손은 소랑의 작아진 젖가슴도 쓰다듬었다. 그리고 손이 점차 위로 올라갔다.

소랑은 눈을 꼭 감았다. 길고도 우아한, 그리고 붉은 속눈썹이 바르르 떨렸다.

이제는 죽어도 좋다는 생각이 자꾸만 샘물처럼 솟구쳤다.

"상아, 목욕물을 준비해라. 내가 랑이를 씻긴 다음에 치료를 해야겠다."

기개세는 착 가라앉은 목소리로 그렇게 말하면서 소랑을 안으려고 팔을 뻗었다.

척!

"오빠, 기다려요. 그전에 제 말부터 들어봐요."

그러자 소랑이 기개세의 팔을 잡으면서 만류했다. 그녀의 팔은 갈대처럼 앙상했다.

"널 치료하는 것이 우선이다."

"지옥에서도 백여 일 동안이나 견뎠는데, 천당 같은 오빠 곁에서 일각을 더 못 견디겠어요?”

결국 기개세는 양보할 수밖에 없었다. 소랑이 살아서 돌아온 이유가 그 말을 해주기 위해서라는 사실을 알기 때문이다. 그 말을 하지 못하면 아마도 소랑은 몸에 난 상처보다 더 깊은 상처를 마음속에 입게 될 것이다.

소랑은 한차례 숨을 길게 쉬고 나서 자신이 알고 있는 것에 대해서 자세히 설명하기 시작했다.

기개세가 천검삼신위, 천검사영, 육대명왕, 삼마제 등과 함께 개봉성 정린장에 대한 의논을 하고 있을 때, 마조를 미행하러 갔던 우지화가 돌아왔다.

우지화는 실내에 많은 사람이 모여 있다는 것과 분위기가 몹시 무겁다는 것, 그리고 모르는 사람들, 즉 육대명왕과 삼마제가 있다는 사실에 가볍게 놀라는 표정을 지었다.

태사의에 앉아 있는 기개세 뒤에는 천검사영이 나란히 서 있고, 그의 앞 왼쪽에는 육대명왕이, 오른쪽에는 삼신위와 삼마제 여섯 명이 나란히 서서 육대명왕과 마주보고 있다.

우지화는 분위기가 심각하다고 여겼으나 곧장 기개세 앞으로 걸어와 무릎을 꿇고 예를 취한 후에 일어나 마조를 미행한 결과를 보고했다.

“마조는 어제 외박을 나온 직후 곧장 낙양성의 경화장으로 들어갔어요.”

경화장은 대정숙 오대군림 생도들이 외박이나 외출을 나와서 수시로 드나들던 장원이다.

마조는 경화장에 들어간 후 우지화가 이곳으로 오기 얼마 전까지 꼼짝도 하지 않았다.

그래서 우지화는 경화장에서 나오는 다른 자들을 모두 미행하도록 수하들에게 명령했다.

그리고 오래지 않아서 수하에게서 연락이 왔다. 미행하고 있는 자들 중에 한 명이 낙양성의 모처에서 섬서팽가의 중요 인물을 만나고 있다는 내용이었다.

우지화는 수하들에게 경화장을 계속 감시하라고 이르고 자신은 섬서팽가의 인물을 만나고 있다는 자에게 급히 갔다.

그자는 애초에 미행하던 마조하고는 체격과 용모 등 모든 면에서 달랐다. 그러므로 마조가 변장했을 가능성은 없다.

그리고 그자가 만나고 있는 자는 섬서팽가 가주의 친동생인 팽덕(彭德)이라는 인물이었다.

또한 그들은 사람들이 많은 주루에서 마주 앉아 있었는데 입술을 달싹거리는 것으로 미루어 전음으로 비밀스런 대화를 나누는 듯했다.

그렇지만 그들은 주위 사람들에게 조금도 이상하게 보이지 않았다.

이따금씩 육성으로도 평범한 대화를 나누면서 술을 마시는 모습을 보였기 때문이다.

우지화가 그자와 팽덕을 지켜보고 있을 때 다시 새로운 보고가 들어왔다.

마조가 머물고 있는 경화장에서 나온 또 다른 자, 즉 제이(第二)의 인물이 낙양성의 모처에서 황보세가의 중요 인물을 만나고 있다는 내용이었다.

우지화는 즉시 그 장소로 이동했다.

제이의 인물이 만나고 있는 자는 황보세가 가주의 친동생이며 수석당주인 황보풍(皇甫風)이었다.

우지화가 잠시 그들을 지켜보고 있을 때 수하의 보고가 또 전해졌다.

경화장에서 나온 세 번째 제삼(第三)의 인물이 낙양성 내 또 다른 장소에서 제갈세가 가주의 조카인 총관을 만나고 있다는 내용이다.

그런 식으로 경화장에서 나온 제사(第四)의 인물이 낙양성의 모처에서 모용세가 가주의 장남인 모용군(慕容君)을 만나고 있으며, 경화장에서 나온 제오(第五)의 인물이 남궁세가의 대검총수(大劍總手)를 만나고 있다는 보고가 속속 우지화에게 전해졌다.

이후 그들 두 명씩 다섯 쌍 열 명은 두 시진가량 함께 있다가 거의 비슷한 시기에 뿔뿔이 헤어졌다.

우지화는 그들 중 아홉 명을 수하들에게 미행시키고 자신은 남궁세가의 대검총수를 직접 미행했다. 그자가 신경이 쓰였기 때문이다.

얼마 전에 우지화와 우림은 취봉문을 비롯한 천호고수들을 이끌고 직접 산동성 제남의 남궁세가로 쳐들어가서 남궁가 삼족을 모조리 도륙했었다.

이후 남궁세가는 봉문을 했는데, 이곳에서 남궁세가의 대검총수를 보게 되니 자연 흥미가 끌린 것이다.

남궁세가의 구조는 분검대(分劍隊)와 중검대(中劍大), 대검대(大劍隊)로 되어 있다.

대검대는 세 개, 즉 삼대(三大)가 있으며 각기 일대검대, 이대검대, 삼대검대로 불린다.

각 대검대는 휘하에 네 개씩의 중검대를 거느리고 있다. 그리고 각 중검대의 휘하에는 다섯 개씩의 분검대가 있다.

분검대의 최고 우두머리는 분검총수(分劍總手)고, 중검대는 중검총수(中劍總手), 대검대는 대검총수다.

즉, 대검총수가 남궁세가의 모든 검대의 최고 우두머리라는 뜻이다.

하지만 그자는 남궁가 일족이 아니다. 남궁세가에 문하 제자로 입문하여 대검총수라는 서열 오위의 자리까지 오른 대단한 인물이다.

그런데 그자가 이곳 낙양성에 나타나서 천검사호문이 감시하고 있는 자와 관련된 인물을 만난 것이다.

우지화의 설명은 결말로 향했다.

"그들 다섯 쌍 열 명은 헤어졌다가 자정 즈음에 다시 만났어요. 그런데 그 장소가 낙양성이 아니라 개봉성이었어요. 그리고 그때는 열 명이라는 숫자는 맞는데 한 명이 다른 자였어요."

팔걸이에 팔꿈치를 대고 손등으로 턱을 괸 채 생각에 잠긴 듯이 우지화의 설명을 듣고 있던 기개세가 중얼거리듯이 말했다.

"그들이 만난 장소가 혹시 정린장이냐?"

우지화는 깜짝 놀랐다.

"주군께서 그걸 어떻게 아셨어요?"

기개세는 소랑이 감금되어 있다가 탈출한 정린장과 마조등 대정숙 오대군림의 생도들이 드나드는 낙양성의 경화장이 서로 연관이 있을 것이라고 짐작했는데 과연 맞았다.

"그건 나중에 말해주지."

그는 턱에서 손을 떼고 물었다.

"낙양성에서 제일부터 제오까지 다섯 명이 오대세가의 중요 인물들을 만났다고 했는데, 정린장에 오지 않은 자는 누구였지?"

"모용세가 가주의 장남인 모용군이에요."

우지화는 천검사호문 사람들 중에서 나운상을 제외하고는 유일하게 기개세를 두려워하지 않으며 친밀하게 여기는 사람이다.

"그런데 정린장에 온 것이 모두 열 명이었다면, 모용군이 빠지고 다른 자가 왔다는 것이로군."

그때 혈마제 춘몽이 불쑥 끼어들었다.

"아마도 그자는 처음에 미행하던 마조라는 놈이겠군요?"

우지화가 가볍게 놀라는 표정으로 춘몽을 쳐다보았다.

"맞았어요. 어떻게 알았죠?"

춘몽은 대수롭지 않다는 듯 생글생글 미소 지으면서 손가락 하나를 세워 까딱거렸다.

"마조가 자신은 경화장에 숨어 있으면서 제일부터 제오까지 다섯 명을 내보내서 오대세가 사람들을 만나게 한 것 같은데, 그렇다면 마조라는 놈이 꽤나 중요한 위치에 있을 것이라는 생각이 들거든요?"

춘몽은 궁둥이를 살랑살랑 흔들면서 다가와 마치 원래 자신의 자리인 양 기개세가 앉은 태사의 팔걸이에 걸터앉고 나서 말을 이었다.

"그렇게 중요한 자가 어찌 그런 중요한 자리에 나타나지 않겠어요."

천검삼신위와 옥마제, 적마제는 춘몽이 기개세가 앉은 태사의 팔걸이에 앉는 것을 두 번째 보기 때문에 충격이 덜했지만 처음 보는 우지화는 적잖이 놀랐다.

그러나 춘몽은 개의치 않고 말을 이었다.

"마조라는 자는 그동안 대정숙 내의 파벌 중 하나인 오대군림에 속한 오대세가의 자식들을 포섭하여 그들을 통해서

오대세가를 삼황사벌의 앞잡이로 끌어들이려고 노력해 왔다
고 하는데, 그렇다면 이번 정린장에서의 회합이 매우 중요할
것이라는 생각이 드는군요."

삼마제는 어제 삼신위와 통성명을 하고 난 이후 그동안 일
어났던 크고 작은 사건들에 대해서 자세한 설명을 들어서 현
재의 상황을 잘 알게 되었다.

춘몽은 어제 기개세로부터 똑똑하다는 칭찬을 들은 적이
있었다. 그녀가 다른 사람에게 그런 칭찬을 받은 것은 그때가
처음이었다.

원래 그녀는 학문이 짧기 때문에 동료인 혈룡십마제에게
무식하다는 말을 숱하게 들어왔다.

그런 그녀가 환경과 상황이 바뀌면서 마치 사람까지 바뀐
것처럼 상황을 일목요연하게 정리를 하자 가장 놀라는 사람
은 역시 옥마제와 적마제였다. 두 사람은 생면부지의 사람을
대하듯이 춘몽을 쳐다보고 있었다.

춘몽은 아예 내친김에 하고 싶은 말을 다 하려는 듯했다.

"모용세가의 모용군이 개봉성 정린장에 오지 않았다는 것
은, 마조가 모용세가의 포섭에 실패했다는 뜻인 것 같아요."

춘몽은 다른 사람들이 아니라 오직 기개세만 바라보면서
생글생글 미소 지으며 말했다.

"그 반대로, 다른 사대세가가 정린장에 모였다는 것은 그
들이 마조와 손을 잡았거나 잡으려 한다는 뜻이겠지요?"

그녀의 상황 정리는 더 이상의 부연 설명이 필요하지 않을 정도로 깔끔했다.

옥마제는 춘몽을 가리키면서 옆에 서 있는 적마제를 보며 어이없는 듯 전음으로 물었다.

[재, 몽이 맞나?]

적마제는 가볍게 고개를 끄덕였다.

[옥제 자네가 그토록 무식하다고 구박하던 몽이를 말하는 것이라면 맞네. 바로 그 춘몽일세.]

[끙.]

그때 우지화가 호기심 어린 표정으로 춘몽을 가리키면서 물었다.

"당신, 혈룡십마제의 혈마제로군요?"

피부색이 피를 물에 떨어뜨렸을 때처럼 엷은 붉은색을 띠고 있으며, 눈이 부시도록 아름다우면서 요염한 여자라면 천하에 혈마제 한 사람뿐일 것이다.

짝!

"호호홋! 정답입니다! 그렇다면 당신은 천검사신위의 유일한 여자인 취봉문주 우지화겠군요?"

춘몽이 손뼉을 치면서 명랑하게 대답하고 또 물었다. 그녀로 인해서 실내의 무거웠던 분위기가 밝게 변하는 듯했다.

"호호! 그래요! 반가워요!"

넉살이 좋은 것인지 덜떨어진 것인지 두 여자는 실제로 얼싸안지는 않았으나 거의 그것과 다를 바 없이 반가워하며 인사를 나누었다.

"몽."

그때 기개세가 팔걸이 대신 춘몽의 허벅지에 자연스럽게 팔을 얹으며 불렀다.

"몽아라고 부르세요."

"몽아."

"말씀하세요, 주군."

춘몽은 간드러지는 목소리와 쳐다보기만 해도 숨이 넘어갈 듯한 요염한 표정을 지었다.

"지화에게 정린장에 대해서 설명해 줘라."

"네!"

춘몽은 말 잘 듣는 어린 여자 아이처럼 고개를 빳빳이 들고 소리 높여 대답했다.

기개세는 춘몽이 기억력이 좋고 상황 판단이 빠르며 생각하는 것이 남들보다 한발 앞선다고 생각했다.

해서 그녀를 자신의 말을 대신하는 대변자(代辯者)나 생각을 돕는 조력자 정도로 삼을까 생각 중이었다.

그런데 춘몽이 설명을 시작하기도 전에 우지화가 제동을 걸고 나왔다.

"주군, 혈마제는 '몽아' 라고 부르시면서 왜 속하는 '지화' 라고 부르나요? 불공평해요. 속하도 '화야' 라고 불러주세요."

여자들은, 더구나 상전과 가까워지려고 노력하는 여자들
은 별걸 다 가지고 신경전을 벌인다.

하지만 여자들이 그러는 것을 좋아하면 좋아했지 결코 싫
어할 기개세가 아니다. 그는 빙그레 미소 지으면서 고개를 끄
덕였다.

"알았다, 화야."

척!

"그리고 속하도 여기에 앉을게요."

말과 함께 우지화는 기개세가 뭐라고 하기도 전에 태사의
빈 쪽 팔걸이에 살짝 궁둥이를 걸치고 앉았다.

"주군의 팔도 여기에 얹으세요."

그러더니 기개세의 한 팔을 잡아 자신의 허벅지에 얹었다.

굴러온 돌인 춘몽이 하는 행위를 어째서 자신은 못하겠느
냐고 생각하는 우지화다.

이모뻘인 삼십오 세의 춘몽과 큰누나뻘인 이십육 세의 우
지화에게 양쪽 팔걸이를 점령당하고서도 기개세는 싫은 내색
은커녕 빙그레 미소를 지었다.

춘몽은 소랑이 기개세에게 해준 정린장에 대한 애기를 아
주 간략하게 우지화에게 설명해 주었다.

"주군의 여동생이 누군가를 미행했다가 붙잡혀서 고문을
당하다 탈출을 했는데, 그곳이 정린장이고 그곳 주인이 금빛
화살을 쏜 놈이에요."

　그것은 기개세가 조금 전에 이곳에 있는 사람들에게 구구
절절이 설명을 한 것에 비해서 십분의 일도 되지 않는 분량이
다. 그러면서도 빠진 내용은 하나도 없었다.

　기개세는 점점 더 춘몽이 마음에 들었다.

　우지화는 적잖이 놀란 표정을 짓더니 잠시 후 심각하게 입
을 열었다.

　“그렇다면 마조라는 놈이 사대세가의 중요 인물들을 정린
장에 모아놓고 금빛 화살을 쏜 인물 앞에서 최종적으로 포섭
에 대한 마무리를 지으려는 것이로군요.”

　“그 말은 조금 전에 몽이가 했다.”

　“그런가요?”

　기개세가 지적했으나 우지화는 아무렇지도 않은 표정이다.

　기개세는 정린장을 어떻게 할 것인가에 대해서 이미 마음
속으로 결정을 내린 상태다.

　하지만 머리 하나보다는 여럿이 나을 것이라는 생각에 다
른 사람들의 의견을 들어볼 생각이다.

　“정린장에 대해서 좋은 의견이 있으면 모두들 기탄없이 말
해보게.”

　그러나 모두들 골똘히 생각에 잠겨 있을 뿐 아무도 선뜻 나
서지 않았다.

　그중에서도 옥마제와 적마제는 눈만 끔뻑이면서 파리 잡
아먹은 두꺼비 같은 표정을 짓고 있었다.

두 사람은 원래 즉흥적인 성격이라서 머리를 쓰는 것은 성격에 맞지 않는다.

해서 기개세가 정린장에 대해서 생각해 보라고 했으나 아무 생각도 떠오르지 않았다.

잠시가 지나도록 아무도 입을 열지 않자 기개세는 자신의 계획을 밀고나가야겠다고 생각했다.

그때 도기운이 나직한 어조로 공손히 말문을 열었다.

"무작정 정린장을 공격하는 것은 좋지 않다고 생각합니다."

기개세가 쳐다보자 도기운은 자신의 생각을 조심스럽게 피력했다.

"속하의 소견으로는 낙양성의 경화장이나 개봉성의 정린장은 적의 꼬리에 불과합니다. 그러므로 놈들을 감시하면서 몸통이 나오기를 기다려야 할 것 같습니다."

"몸통이란?"

"작게는 융황일 테고, 크게는 삼황사벌 본대(本隊)일지도 모릅니다."

그때 춘몽이 손가락 하나를 세워 좌우로 흔들었다.

"틀렸어요."

손가락 하나를 흔드는 것은 기개세를 만나고 나서 생긴 버릇이다.

즉, 머리를 사용할 때 생긴 버릇인데, 기개세를 만나고 나서부터 머리를 쓰기 시작했기 때문이다.

이 방에서 기개세를 제외하곤 제일 윗사람인 도기운의 의견을 춘몽이 정면으로 '틀렸다'고 반박하자 중인의 시선이 일제히 그녀에게 집중됐다.

그러자 그녀는 일순 당황했다. 그녀는 요염하고 천박하며 때로는 무모할 정도로 용감하지만, 많은 사람들의 시선을 받는 것에는 익숙하지가 않은 것이다.

기개세는 춘몽이 당황하는 모습을 보고 그녀가 의외로 순진한 구석이 있다는 사실을 알았다.

그는 춘몽의 허벅지에 얹은 손을 들어 손가락으로 허벅지를 톡톡 건드렸다.

"도기운의 말이 왜 틀렸는지 말해봐라, 몽아."

그 작은 손동작이 춘몽을 진정시켰다. 그녀는 기개세를 보며 생글거리면서 말했다.

"우선 우리는 모용군을 잊지 말아야 해요."

우지화가 의아한 표정을 지었다.

"모용군을 왜요?"

"모용군은 마조의 포섭을 거절한 것이 분명해요. 그렇기 때문에 정린장에 나타나지 않았겠지요."

"그렇겠지요."

춘몽은 또 손가락 하나를 세웠다.

"우지화 당신이 마조, 아니, 융황이라면 모용군을 어떻게 처리할 건가요?"

"당연히 제거하겠지요."

"모용세가는?"

"그것은……."

춘몽의 계속된 물음에 우지화는 말문이 막혔다.

명성이 예전 같지는 않아도 오대세가는 여전히 한 지역의 패자로서 손색이 없는 세력을 유지하고 있다. 단지 무림팔대세가의 찬란한 명성에 가려져 있을 뿐이다.

그런 오대세가 중에 모용세가를 융황이 비밀 유지를 위해서 멸문시키는 것은 결코 쉬운 일이 아니다.

그런 생각은 비단 우지화뿐만 아니라 삼신위나 육대명왕도 같았다.

그러나 춘몽은 단언하듯이 말했다.

"융황은 모용군을 추격하여 죽일 것이고, 그다음에는 모용세가를 초토화시킬 거예요."

"어째서 그렇죠? 그렇게 되면 융황이나 삼황사벌이 중원을 침공하려는 음모가 백일하에 드러날 수도 있는데요?"

춘몽은 고개를 귀엽게 갸우뚱거리면서 생각하는 몸짓을 하며 대답했다.

"마조는 자신과 오대군림의 생도들이 드나들고 있는 경화장이 대정숙이나 천검신문에 노출됐다는 사실을 이미 알고 있을 거예요."

그렇기 때문에 마조는 제일부터 제오까지 다섯 명을 대신 내보대서 오대세가의 중요 인물을 만나게 했을 것이다.

춘몽이 또 손가락을 세웠다.

"또한 괴인물이 벌건 대낮에 주군을 죽이려고 금빛 화살을 쏴댄 것 역시 비밀스럽다고 할 수 없는 행동이지요."

그 역시 그렇다. 그뿐만이 아니다. 길상만교와 남궁엽, 남궁산 형제를 내세워서 기개세를 죽이려고 한 일도 그렇고, 오대세가를 포섭하려고 들쑤시고 다니는 것도 그렇다.

오대세가는 그 사실을 이미 가까운 사람들에게 이야기했을 수도 있고, 그것을 들은 사람들이 더 많은 사람들에게 퍼뜨렸을 수도 있다. 아니, 당연히 그랬을 것이다.

특히 융황의 포섭을 거절한 모용세가라면 그 사실을 여러 사람에게 말하고 또 상의를 했을 것이다.

춘몽은 처음부터 계속 기개세만 보면서 말하고 있었다.

"주군, 그러니까 융황이 중원에 잠입한 목적은 염탐을 하면서 중원의 방, 문파들을 포섭도 하는 것인데, 그러다가 수틀리면 깨부술 수도 있다는 거예요."

"깨부순다?"

무식한 춘몽이다 보니 무식한 표현밖에 사용할 수가 없다.

"바꿔서 생각을 해봐요. 우리 같으면 포섭하려고 하는 방, 문파가 거절을 했을 때 어떻게 하겠어요?"

"글쎄… 역시 깨부수는 쪽이지 않을까?"

"그렇죠? 한밤중에 귀신도 모르게 모용세가를 깨부숴서 생존자를 단 한 명도 남기지 않으면 간단해요."

듣고 보니 그녀의 말은 조목조목 다 일리가 있다.

사실 기개세는 우지화의 보고를 들으면서도 모용군과 모용세가에 대해서는 전혀 생각하지 않았었다.

"그래, 모용세가에 대한 네 생각은 무엇이냐?"

춘몽은 이제는 아예 한쪽 팔을 기개세의 어깨에 얹으며 쇠를 녹일 듯한 눈웃음을 쳤다.

"지금 당장 모용군을 구하고 모용세가에 고수들을 보내야만 해요."

기개세는 우지화를 쳐다보았다.

우지화는 입술을 살짝 깨물고는 춘몽처럼 자신도 한쪽 팔을 기개세의 어깨에 얹었다.

그런데 꼴깍! 하고 그녀의 목에서 마른침 삼키는 소리가 흘러나왔다.

그만큼 잔뜩 긴장하고 있다는 것이다. 하지만 이상하게도 춘몽에게 지는 것은 싫었다.

기개세 뒤에 서 있는 나운상과 우림의 눈에서 새파란 불길이 이글거렸다.

이 여자 저 여자가 기개세를 마음대로 농락하는 것 같아서 속이 뒤틀린 것이다.

우지화는 기개세의 어깨에 팔을 얹는 것이 성공하자 자못 득의하여 입을 열었다.

"모용군은 현재 수하들이 미행 중이니까 그를 찾는 것은 어렵지 않아요."

기개세는 춘몽에게 물었다.

"모용군과 모용세가를 구해서 우리가 얻는 이득이 뭐지?"

춘몽은 막힘없이 대답했다.

"오대세가 중에 네 곳이 융황에게 포섭된 것을 보면 놈들의 제의가 꽤나 입맛이 당겼을 것 같아요. 그런데도 모용세가가 거절을 했다면, 그들이야말로 제대로 정신이 박혀 있다는 생각이 들지 않나요?"

"그렇겠지."

"천검신문이 그런 세가 하나를 수하로 거느리는 것도 나쁘지 않을 것 같은데 주군 생각은 다른가요?"

기개세는 손바닥으로 춘몽의 허벅지를 툭툭 쳤다.

"아니. 너와 같다."

그는 이번에는 우지화의 허벅지를 쓰다듬었다.

"화야, 즉시 모용군에게 사람을 보내라."

"……."

그런데 우지화는 대답을 하지 않았다. 이십육 세가 되도록 남자와 손 한 번 잡아본 적이 없는 그녀는 기개세가 허벅지를 쓰다듬는 것을 참아내기가 어려웠다.

기개세는 본의 아니게 여러 여자를 제정신이 아니게 만들고 있었다.

춘몽이 꿔다 놓은 보릿자루처럼 서 있는 옥마제와 적마제 중에 적마제를 가리켰다.

"적가의 방파가 사천성과 호북성 경계에 있으므로 그곳 수하들을 보내면 하루 이내에 모용세가에 도착할 거예요. 그리고 속하의 방파를 보내면 그로부터 반나절 뒤에 당도할 수 있을 거예요. 그 정도면 융황에게서 모용세가를 지켜내지 않을까 생각하는데."

"부탁한다."

기개세의 명령이 떨어지자 춘몽과 적마제는 쏜살같이 입구로 달려갔다. 자파에 전서구를 보내려는 것이다.

그때 기개세가 달려가는 춘몽의 등을 보면서 물었다.

"몽아, 그런데 정린장은 어떻게 하면 좋겠느냐?"

춘몽은 걸음을 멈추고 예의 쇠를 녹일 듯 요염한 눈웃음을 치면서 짧게 말하고는 밖으로 나가 버렸다.

"박살 내요."

그 생각은 기개세와 같았다.

그러나 기개세가 내린 또 하나의 결론을 알아챈 사람은 아무도 없었다.

第七十四章
패가수의 패배

패가수는 자신의 앞쪽 좌우에 각기 두 명씩 서로 마주보고 앉은 사대세가의 인물들을 느긋한 눈빛으로 쳐다보았다.

조금 전에 패가수는 사대세가 인물들에게 무림을 맡기겠다는 약속을 했다.

물론 그것은 삼황사벌이 중원 천하를 접수한 다음의 일이다.

패가수 좌우에는 두 명의 청년이 서 있다. 왼쪽에는 마조, 오른쪽에는 남궁산이다.

자리에 앉아 있는 사대세가의 중요 인물들은 긴장된 표정으로 패가수를 주시하고 있었다.

그가 이제 매우 중요한 말을 할 것이기 때문이다.

패가수는 언제나처럼 입가에는 훈훈한 미소를, 눈에서는 부드러운 빛을 흘리며 입을 열었다.

"오늘이 보름이오. 그러니까 지금으로부터 정확하게 반년 후 보름날 자정을 기해서 여러분은 총력을 기울여 낙양성의 낙성검가를 공격해 주시오."

그러자 사대세가의 인물들은 놀라면서도 어이없다는 표정을 지었다.

"낙성검가라면… 혹시 호북성에 있는 삼류문파를 말씀하시는 것이오?"

섬서팽가 가주의 친동생인 팽덕이 의아한 얼굴로 물었다.

팽덕뿐만 아니라 다른 사람들도 최근 낙성검가의 변화에 대해서는 아는 바가 없었다.

패가수는 빙그레 미소 지었다.

"낙성검가는 얼마 전에 낙양성으로 옮겼소. 그리고 그들은 더 이상 삼류문파가 아니오."

이번에는 황보세가의 황보풍이 물었다.

"설마 우리 사대세가가 총력을 기울여서 공격해야 할 정도로 낙성검가가 강하다는 말씀이시오?"

"그렇소."

패가수는 가볍게 고개를 끄덕였다. 하지만 그는 낙성검가가 어째서 그렇게 강한지, 그리고 사대세가가 총력을 기울여

서 공격을 해도 낙성검가를 괴멸시키지 못할 것이라는 말은
하지 않았다.

그들을 속이려는 것이 아니다. 단지 사실을 말하지 않았을
뿐이다.

패가수는 사대세가를 속이거나 그들을 이용하기만 하고
버리려는 얄팍한 속셈 같은 것은 애당초 갖고 있지 않았다.

그는 과거 삼황사벌이 세 차례나 중원을 침공했다가 실패
했던 원인을 철저하게 분석했다.

그래서 자신은 절대 과거의 전철을 밟지 않을 것이며, 새롭
고 참신한 계획을 시도해야 한다는 결론을 내렸다.

또한 아무리 이민족인 중원의 방, 문파를 포섭하더라도 그
들과 평등한 관계에서 손을 잡는 것이지 위에 군림하려는 생
각 같은 것은 하지 않는다.

야비한 계획이나 더러운 권모술수는 아무리 감추려고 해
도 대화 중에나 표정에서, 그렇지 않으면 계획을 진행하는 중
에 반드시 노출된다고 믿기 때문이다.

그런 것은 마치 더러운 오물이나 똥 같아서 덮어도, 감춰도
악취가 풍기는 것이나 같다.

과거 세 차례에 걸친 삼황사벌의 뼈아픈 중원 침공 실패가
그런 교훈을 그에게 가르쳐 주었다.

어쨌든 패가수는 사대세가를 진심으로 대하겠다고 마음먹
었으며, 현재까지 잘해내고 있었다.

"낙성검가가 그 정도라니 믿기 힘든 일이로군."

"예전의 낙성검가는 본 가의 일 할 정도 힘만으로도 능히 괴멸시킬 수 있을 정도였거늘."

사대세가 중에 세 사람은 패가수의 말을 쉽게 납득하기 어렵다는 듯 한마디씩 중얼거렸다.

그러나 지금껏 한마디도 하지 않고 꼿꼿한 자세로 앉아 있던 남궁세가의 대검총수가 패가수를 향해 정중히 고개를 숙이며 입을 열었다.

"우리 남궁세가는 반년 후 보름날 자정에 낙성검가를 공격하겠습니다."

패가수는 빙그레 미소를 지으며 고개를 끄덕였다. 모름지기 사람이란 무조건 자신을 믿어주는 사람에게 더 마음이 기울게 마련이다.

"고맙소."

남궁세가는 표면적으로 봉문을 했으나 한 문파가, 그것도 오대세가에 속하는 대문파가 하루아침에 사라진다는 것은 결코 쉬운 일이 아니다.

남궁가의 삼족이 몰살을 당했다는 것은 남궁세가 내에서 '남궁' 이라는 성씨를 사용하는 사람의 칠 할 이상이 죽었다는 것을 의미한다.

그나마 살아남은 남궁가 사람들은 대부분 나이가 어릴 뿐만 아니라 가주와 육촌 이상의 먼 친척뻘이며, 하나같이 무공이 일천해서 남궁세가를 맡아 다시 부흥시키는 막중한 역할을 수행할 능력이 없었다.

그래서 살아남은 남궁세가 문하 제자 중에서 가장 서열이 높은 대검총수가 봉문한 남궁세가를 지키면서 은인자중(隱忍自重) 기회를 엿보고 있었다.

예전에 대검총수는 남궁산의 부름으로 몇 차례 낙양성에 와서 그를 만났으며, 그를 통해서 마조와 용황의 인물들을 은밀히 만난 적이 있었다.

이후 일 년여 동안 패가수가 오대세가를 일일이 찾아다니면서 가주들을 직접 만나 많은 대화를 나누었고, 그래서 지금에 이른 것이다.

남궁가 삼족이 죽었으나 대검총수는 남궁세가를 포기하지 않았으며 오히려 부흥과 복수를 다짐했다.

그래서 과거에 자신이 몇 차례 방문한 적이 있는 낙양성의 경화장을 찾아가서 도움을 청했다.

때마침 사대세가 사람들은 마조의 외박 날에 맞춰서 그를 만나기 위해 낙양성에 와 있었다.

대검총수는 경화장에 들어오지 말고 다른 곳에서 은밀히 만나자는 전갈을 받은 후 마조가 보낸 자와 만났다가 이곳 정린장으로 오게 된 것이다.

그런데 이곳에 죽은 줄로만 알았던 남궁산이 있을 줄은 꿈에도 생각하지 못했다.

남궁산을 만난 대검총수가 뛸 듯이 기뻐한 것은 두말할 필요가 없다.

남궁산 역시 뜻밖에 대검총수를 만나 부러졌던 날개가 완치된 것처럼 기뻐했다.

남궁세가 대검총수가 반년 후 낙성검가를 공격하겠다고 무조건적으로 찬성했으나, 다른 삼대세가의 인물들은 쉽사리 대답하지 않고 재차 확인했다.

"그런데 우리 사대세가가 낙성검가를 공격해야 할 이유가 대체 무엇이오?"

그것이 가장 궁금한 부분이다.

패가수는 자신의 상징인 양 입가에서 미소를 잃지 않으며 담담한 어조로 대답했다.

"여러분이 낙성검가를 공격하는 것을 신호로 하여 우리도 중원에 대한 총공격을 감행할 것이오."

"아……."

"그렇다면야……."

그제야 남궁세가의 대검총수를 제외한 삼대세가 세 사람의 얼굴에 안도의 기색이 떠올랐다.

사대세가 사람들의 공통점 중의 하나가 패가수의 말을 전적으로 신뢰한다는 사실이다.

그것은 패가수가 지금까지 허튼소리를 하지 않았으며 자신의 말에 전적으로 책임을 지는 모습을 보였기 때문이다.

“다시 한 번 말하지만……."

패가수는 사대세가 사람들을 안심시키기 위해서 한 번 더 다짐하는 것을 잊지 않았다.

“천하를 제패한 후 무림을 사대세가에게 온전히 일임할 것이오. 다만 우리는 무림 외의 것들을 가지겠소."

사대세가는 패가수가 지금까지 보여준 언행일치를 굳게 신뢰하고 있는데, 그가 또다시 확언을 하자 그제야 만면에 굳은 결의를 가득 떠올렸다.

“믿고 맡겨주시오."

“반년 후에 낙성검가를 기필코 초토화시키겠소."

“실망시키지 않겠소."

삼대세가 사람들이 제각각 호언장담하는데도 대검총수는 묵묵히 침묵을 지켰다.

때로는 백 마디 말보다 침묵이 더 강한 의지로 비춰질 때가 있으며, 지금이 바로 그때였다.

패가수는 빙그레 미소 지었다.

“고맙소. 먼 길을 오시느라 수고하셨는데 오늘 밤은 마음껏 먹고 마시며 푹 쉬도록 하시오."

그가 가볍게 고개를 끄덕이며 신호를 보내자 마조가 즉시 나서 사대세가 사람들을 안내했다.

“이곳으로 오십시오. 연회가 준비되어 있습니다."

마조가 앞서고 사대세가 사람들이 그 뒤를 따르자 패가수도 자리에서 일어났다.

마조와 사대세가 사람들이 옆문을 통해서 나갔을 때 다른 문으로 한 명의 경장고수가 쏜살같이 쏘아 들어왔다.

삼십대 초반의 나이에 어깨에 한 자루 도를, 양쪽 허리에 반월처럼 휘어진 두 자 길이의 반월도(半月刀)를 찬 경장고수는 패가수 앞에 한쪽 무릎을 꿇어 예를 표하면서 공손히 아뢰었다.

"대공(大公), 괴한들이 침입했습니다."

보고하는 내용이 매우 중요한 데 비해서 경장고수의 표정이나 어조는 꽤나 담담했다.

그는 마치 옆집 개가 개구멍을 통해서 우리 집으로 들어왔다는 식으로 별것 아닌 듯한 얼굴이다.

"누구냐?"

패가수는 보고하는 경장고수보다 더 느긋했다.

"아직 파악하지 못했습니다만, 모두 열여덟 명입니다."

수를 정확하게 알고 있다는 것은 침입자들을 일목요연하게 감시하고 있다는 뜻이다.

"제압해라."

"존명."

경장고수가 고개를 숙이자 패가수는 마조와 일행이 나간 문을 통해 천천히 걸어나갔다.

남궁산은 종종걸음으로 급히 패가수를 뒤따랐다.

남궁산은 아직도 패가수의 진짜 신분이나 실력을 모른다. 단지 삼황사벌의 높은 지위일 것이라고만 막연하게 짐작하고 있을 뿐이다.

그런데 남궁산은 패가수 곁에 있으면 모든 걱정이 사라지고 안심이 된다.

그의 능력이나 무공을 직접 본 적이 없는데도 마치 부처님 옆에 머무는 동자승처럼 무작정 마음이 놓였다.

마조는 융황의 최고 우두머리 태대등(太大等)의 아들인 후령위(后領位)의 신분이다.

태대등에게는 이남일녀가 있으며, 태대등 계승권자인 장남이 왕령위(王領位)이고, 차남인 마조가 후령위, 그 아래 여동생이 원령위(元領位)다.

융황은 서장지방의 남방(南方)에 위치한 소국(小國)으로서, 태대등은 일국(一國)의 왕 신분이다. 고로 마조는 왕자의 신분인 것이다.

마조는 몇 가지 중요한 목적을 갖고 중원에 잠입했는데, 그 중 하나가 대정숙을 수료하는 것이고, 또 하나가 중원무림의 방, 문파들을 포섭하는 것이며, 마지막 하나가 패가수를 돕는 것이다.

마조는 패가수의 진실한 신분을 모른다. 단지 삼황사벌을 하나로 결속시킨 신비 세력에서 파견한 높은 지위의 인물일 것이라고 추측하고 있었다.

그의 부친인 융황의 태대등은 자식들, 즉 삼 남매에게 패가수에게 절대복종할 것을 당부했다.

실내에는 웃음소리가 낭랑하고 유쾌한 말소리가 가득했다.

정린장이 습격을 받고 있다는 데에도 이곳에서는 아랑곳없이 연회가 벌어지고 있었다.

상석에는 패가수가 앉았고, 좌우에 마조와 남궁산, 그리고 사대세가의 사람들이 두 명씩 서로 마주보는 자세로 앉아서 술을 마시고 있다.

각자의 앞에는 상이 하나씩 있으며, 그 위에 최고급의 요리와 술이 차려져 있고, 모두 바닥에 깔린 두툼한 보료 위에 편안하게 앉아 있다.

남궁산 옆에는 대검총수가 나란히 앉았다. 두 사람은 남궁가의 봉문 이후 처음으로 편안한 기분을 느끼고 있다.

남궁산은 조금 전에 패가수의 심복에게 괴인물들이 정린장을 습격했다는 보고를 들었으나 조금도 걱정하지 않고 있다. 그만큼 패가수를 믿기 때문이다.

이곳 정린장은 패가수의 심복 삼십 명이 물샐틈없이 삼엄하게 호위하고 있었다.

그들은 패가수가 고향에서 직접 기른 철암전사(鐵巖戰士) 천 명 중의 삼십 명이다.

　그들을 특별히 선발한 것이 아니라, 중원에 이끌고 온 천 명 중에서 무작위로 삼십 명을 뚝 떼어내 이곳 정린장의 호위를 맡긴 것이다.

　천 명의 철암전사, 즉 철암전대(鐵巖戰隊) 천 명의 실력은 대부분 비슷하기 때문이다.

　패가수는 중원에 온 지 이 년 가까이 됐지만 아직껏 단 한 명의 철암전사도 잃지 않았다.

　그동안 특별히 싸울 일이 없었기 때문이기도 했으나, 만약 큰 싸움이 벌어진다고 해도 웬만한 방파 하나의 위력을 지니고 있는 삼십 명의 철암전사가 나서면 해결하지 못할 일이 없다고 생각한다.

　패가수는 중원에 싸우러 온 것이 아니다. 조만간 있을 중원 침공만큼은 과거의 전철을 밟지 않고 반드시 승리해서 중원, 아니, 천하를 접수하기 위해서 사전 조사를 하러 왔다. 그러므로 그다지 싸울 일이 없었던 것이다.

　철암전사들은 이름 그대로 공격을 할 때는 쇠[鐵]고, 방어를 할 때는 바위[巖]다.

　자신이 직접 심혈을 기울여서 키운 그들을 신뢰하지 않았으면, 패가수는 그들을 아예 중원에 데리고 오지도 않았을 것이다.

　과연 삼십 명의 철암전사들이 습격자들을 제압했는지 밖에서는 아무런 소리도 들려오지 않았다.

“대공, 한 잔 받으시오.”

주흥이 한창 무르익자 황보세가의 황보풍이 술병을 들고 자리에서 일어섰다.

그가 자신의 자리에서 한 걸음을 막 떼어놓았을 때 패가수가 있는 곳에서 맞은편, 황보풍의 오른쪽에 있는 문이 벌컥 열렸다.

그러나 그곳을 쳐다본 사람은 패가수와 남궁산, 대검총수 세 명뿐이다.

패가수는 자신의 정면이라서, 남궁산과 대검총수는 문파를 잃은 처지라 늘 긴장하고 있었기 때문이다.

들어선 사람은 기골이 장대하고 검은 수염이 구레나룻과 입 주위, 턱을 온통 뒤덮었으며, 오른쪽 어깨에는 한 자루 대도를 메고 있는 용맹한 모습의 오십대 인물이다.

그러나 그는 들어서자마자 문 안쪽에 공손히 시립했다.

그제야 비로소 중인들은 새로 나타난 인물을 발견했다.

패가수를 제외한 중인은 들어선 인물을 보는 순간 크게 놀라고 말았다.

그 인물이 무림팔대세가 중 하나인 뇌룡문의 문주 뇌룡도황 담무혁이라는 사실을 알아보았기 때문이다.

그런데 북경성이 있는 하북무림을 쥐락펴락하는 거물인 담무혁이 어째서 이곳에 불쑥 나타났으며, 또한 문 안쪽에서 공손히 시립하는 자세를 취하고 있는 것인지 짐작조차 하는 사람은 없었다.

그의 모습은 마치 신하가 곧 들어설 황제를 위해 문을 열고 시립하는 것처럼 보였다.

실내에 있는 사람들 중에 아무도 담무혁을 공격하거나 어떤 행동을 취하지 않았다.

담무혁이 워낙 거물이기도 하지만, 그가 불쑥 이곳에 들이닥친 이유와 도대체 누굴 위해서 시립하고 있는 것인지 궁금하기 때문이다.

그때 모든 사람의 시선을 한 몸에 받으면서 한 명의 청년이 성큼성큼 들어섰다.

일신에 눈처럼 흰 백의 단삼을 입었으며, 훤칠한 키에 후리후리한 체구, 딱 벌어진 어깨와 잘록한 허리, 긴 팔과 죽 뻗은 다리를 지닌 더할 나위 없이 준수한 청년이다. 그의 어깨에는 한 자루 평범한 장검이 메어져 있었다.

그 뒤로 두 명의 절세미녀가 나란히 들어섰다. 한 여자는 얼음처럼 차디찬 빙화 같은 미모의 소녀이고, 또 한 명은 오만하고 도도한 절대미모를 지닌 이십대 여인이다.

그들뿐만이 아니다. 그 뒤를 이어 여덟 명의 청년과 소녀들이 줄지어 들어섰다.

그때쯤에는 모두들 그들을 발견하고 놀라면서도 의아한 표정을 떠올리고 있었다.

단지 패가수만 여전히 엷은 미소를 머금은 표정 그대로일 뿐이다.

그는 난데없이 나타난 사람들에 대해서 아무것도 모르는 것은 다른 사람과 마찬가지지만 다른 점이 하나 있다.

어떤 상황에 처한다고 해도 능히 타개할 수 있다는 자신감이 그것이다.

중인 중에서 남궁산과 마조의 반응이 가장 격렬했다. 두 사람의 시선은 백삼청년에게 뚫어지게 못 박혀 있고, 만면에 경악이 가득 떠올랐다.

백삼청년은 다름 아닌 기개세다. 남궁산과 마조가 그를 알아보지 못할 리가 없다.

마조의 입술이 달싹거렸다. 패가수에게 전음을 보내고 있는 것이다.

[대공, 저기 백삼청년이 천문주입니다.]

순간 영원히 변할 것 같지 않던 패가수의 표정이 변했다. 얼굴에서 웃음기가 싹 사라지고 두 눈에서 엷은 안광이 흐릿하게 뿜어졌다.

그러나 표정이 변한 것도 잠시, 곧 평소의 훈훈한 얼굴로 되돌아왔다.

조금 전에 패가수에게 보고한 철암전사는 정린장에 잠입한 괴한이 십팔 명이라고 했다.

그런데 지금 실내에 들어선 자들의 수가 십이 명이다.

그렇다면 나머지 여섯 명이 철암전사 삼십 명을 상대하고 있다는 말이 된다.

아니, 밖에서는 아무런 소리도 들리지 않는다. 그것은 철암 전사들이 침입자들을 제압한 것이 아니라 오히려 당했다는 뜻이다.

척!

그때 갑자기 패가수 뒤쪽의 문이 열렸다.

패가수를 제외한 남궁산과 마조, 사대세가의 네 명은 재빨리 그곳을 쳐다보았다.

"허억!"

"헛!"

그 문으로 조금도 급할 것 없다는 듯 느릿하게 들어서고 있는 여섯 명을 발견한 사대세가 네 명의 입에서 놀라움과 당황함의 탄성이 터져 나왔다.

들어선 여섯 사람은 천검사신위의 도기운, 나궁조, 우지화와 삼마제인 옥마제, 적마제, 혈마제다.

사대세가 사람들이 마도의 인물인 삼마제는 알아보지 못한다고 쳐도, 강남무림의 절대자인 도기운과 성검문주 나궁조, 취봉문주 우지화를 알아보지 못할 리가 없다.

도기운이 패가수 뒤 다섯 걸음 거리에 우뚝 서고 나머지 다섯 사람이 좌우로 천천히 걸음을 옮겨 각자 서너 걸음 간격으로 늘어섰다.

그 광경을 지켜보고 있는 사대세가 사람들과 남궁산의 얼굴이 흙빛으로 변했다.

이 순간만큼은 패가수에 대한 절대적인 신뢰 같은 것은 추호도 기억나지 않았다.

실내에서 기개세의 신분을 알고 있는 사람은 마조 혼자뿐이었으나 이제는 패가수도 알게 되었다.

남궁산은 마조의 명령으로 기개세를 죽이려고 했으나 그가 누군지는 까맣게 모르고 있는 실정이다.

남궁산을 비롯한 사대세가 사람들은 왜 갑자기 무림팔대세가 사람들과 기개세 등이 이곳에 들이닥쳤는지 추호도 짐작하지 못했다.

그러나 예로부터 내자불선(來者不善), 찾아온 자는 선하지 않다고 했다.

그러므로 뭔가 좋지 않은 일이 벌어질 것 같다는 예상만 하고 있을 뿐이다.

그때 남궁산과 사대세가 사람들은 움찔 놀랐다.

자신들이 도기운 등에게 정신이 팔려 있는 사이에 담무혁 등 먼저 들어온 자들이 공격을 가하면 꼼짝없이 당할 수밖에 없다는 사실을 뒤늦게 깨달은 것이다.

그러나 그들의 걱정은 기우였다. 담무혁 등은 공격을 하지 않았다.

단지 변화가 있다면 마치 학이 날개를 펼친 형상으로 실내에 있는 사람들을 포위하고 있다는 것이 조금 전과 달라진 광경이다.

기개세 앞에는 담무혁이 태산처럼 우뚝 서 있고, 좌우에는 나운상과 우림이, 뒤에는 담신기와 도격 등 천검사영이 당당하게 우뚝 서 있어서 그야말로 전차후옹(前遮後擁)의 삼엄한 호위를 이루고 있었다.

그리고 진운상과 손진 등 육대명왕은 각 세 명씩 날개를 펼친 형상으로 좌중의 인물을 포위하고 있었다.

육대명왕은 아직 대정생도의 신분으로 지금 같은 경험은 생전 처음이다.

하지만 자신들이 전설의 천문주를 보필하고 있다는 막중한 사명감이 그들을 의연하게 만들어주었다.

기개세 일행이 들어섬으로 인해 좌중에는 무거운 침묵과 손가락으로 톡 건드리기만 해도 산산이 깨질 듯한 팽팽한 긴장감이 감돌았다.

마조는 내심 낙양성 경화장에 자신의 심복수하들을 놔두고 온 것을 후회했다.

천문주와 천검사신위 등 천검신문 고수들이 들이닥쳤으니 오늘은 길(吉)보다 흉(凶)이 많을 것이다.

패가수의 무공은 한 번도 본 적이 없으나, 그가 아무리 대단하다고 해도 천검사신위 등 쟁쟁한 고수들 속에서 자기 혼자 살아나는 일도 벅찰 터이다.

하물며 그에게 무언가를 기대한다는 것은 일찌감치 접는

것이 현명하다는 것이 마조의 생각이었다.

이때만큼은 항상 여유있는 모습의 패가수도 굳게 입을 다문 채 기개세를 주시하고 있었다.

패가수는 천문주가 이곳을 어떻게 알고 찾아왔는지는 중요하게 생각하지 않는다.

어차피 벌어진 일이므로 망우보뢰(亡牛補牢), 즉 소 잃고 외양간 고치는 것처럼 부질없는 일이다.

이런 상황에서는 양측의 우두머리인 천문주와 패가수 둘 중 한 사람의 입에서 흘러나오게 될 첫마디가 중요하다.

패가수는 천문주가 무슨 말을 하는지 듣고 나서 자신의 행동을 결정해도 늦지 않을 것이라고 생각했다.

패가수는 자신의 뒤에 고수들이 서 있고, 그들이 누군지 알고 있지만 별로 염려하지 않았다.

자신의 무위를 믿고 있기 때문이다. 그러나 만에 하나 상황이 극으로 치달을 경우에는 자신의 한 몸 이곳을 빠져나가는 것은 식은 죽 먹기라고 생각한다.

이윽고 좌중을 천천히 둘러보던 기개세가 나직한 목소리로 입을 열었다.

"죽여라."

모두의 얼굴에 파도처럼 놀라움이 확 번졌다.

기개세의 말은 모두의 예상을 뒤엎었다. 설마 첫마디에 '죽여라' 라고 할지는 누구도 예상하지 못했다.

패가수도 예외는 아니다. 이런 상황에서는 통상적으로 몇 마디 대화가 오고 간 후에 분위기가 무르익으면 싸움이 시작되게 마련이다.

그때까지 느긋하게 기다리면서 상대의 의도를 파악하면서 공력을 끌어올려 싸울 준비를 하면 된다고 생각했던 패가수는 허를 찔리고 말았다.

후우…….

그가 기개세의 말에 움찔 놀라고 있을 때, 아니, 놀라움을 미처 얼굴에 표정으로 떠올리기도 전에 머리 위에서 천 근, 아니, 수만 근의 어마어마한 예기(銳氣)가 짓누르는 것을 느끼고 흠칫 놀랐다.

예기란 찌르거나 베어올 때 뿜어지고 또 느끼는 것이다.

그런데 찌르거나 베어오는 기세가 수만 근의 가공할 압력을 지니고 있으니, 이런 상황이 되면 아무리 패가수라도 놀라지 않을 수 없는 일이다.

패가수는 앉은 채 번개같이 상체를 돌리면서 항상 쥐고 다니는 금빛 봉을 머리 위로 쳐들었다. 금빛 봉을 펼치면 강궁(强弓), 즉 활이 된다.

그 순간 그는 보았다. 허공에 둥실 떠 있는 선풍도골의 멋진 노인이 한 자루 장검을 태산을 쪼갤 듯한 기개로 그어 내리고 있는 광경을.

패가수는 이 갑자 반, 무려 백오십 년 공력의 소유자다.

현재 그의 나이 이십오 세. 그처럼 젊은 나이에 백오십 년 공력을 지니고 있는 사람은 천하를 통틀어도 없을 것이다.

아니, 나이를 불문에 붙인다고 해도 그 정도 공력을 지닌 인물은 그리 많지 않을 것이다.

그는 순간적이기는 하지만 쳐든 금빛 봉에 이 갑자의 공력을 실었다.

그 정도면 선풍도골의 노인, 즉 도기운의 공격을 능히 막을 수 있을 것이며, 막는 즉시 반격을 가하리라 생각했다.

캉!

"……!"

그런데 도기운의 검이 금빛 봉에 닿는 순간 패가수는 흠칫 놀랐다.

대부분의 사람들은 상대의 무기가 자신의 무기를 자르고 나서야 느낀다.

하지만 패가수는 닿는 순간 금빛 봉 금패궁(金覇弓)이 잘라질 것이라는 사실을 직감했다.

그 순간 패가수는 앉은 자세에서 뒤를 향해 번개같이 반 장 정도 물러났다.

삭!

그가 직감한 대로 금패궁은 절반이 뚝 잘라져서 그의 손에는 절반만 쥐어져 있었다.

금과 은, 그리고 십여 가지 특수한 쇠를 섞어서 만든 금패궁은 철문을 뚫고 바위를 깨부수는 위력을 지녔다.

그런데 평범하게 보이는 도기운의 검에 수수깡처럼 베어져 나간 것이다.

그것은 무기와 무기끼리가 아니라 공력과 공력이 격돌했기 때문이다.

즉, 패가수가 발휘한 이 갑자보다 도기운의 공력이 더 높았다는 뜻이다.

패가수는 그토록 빨리 물러났는데도 반 자 밖을 스쳐 지나는 도기운의 검에서 뿜어진 검기가 살짝 어깨에 닿자 푹! 하고 핏물이 솟구쳤다.

'강하다!'

그는 강남무림의 절대자 도기운을 너무 과소평가했다. 아니면 자신을 너무 과대평가했든지.

정신이 말짱하다가도 둔기로 뒤통수를 거세게 얻어맞으면 한동안 멍해진다.

지금 패가수가 그랬다. 그는 자신의 뛰어난 머리가, 그리고 넉넉한 수양심이 무기력하게 무너지는 것을 느꼈다.

쿠우―

도기운이 재차 제이검을 공격해 오자 그제야 패가수는 퍼뜩 정신을 차렸다.

싸움 중에, 그것도 태어난 이래 최초로 마주친 강적과의 싸움에서 한순간이나마 정신을 놓고 있다니, 패가수는 자신이 그 정도밖에 안 되는 인물이라는 사실에 심한 자기모멸을 맛보았다.

그러나 이미 순식간에 기선을 뺏긴 상황이다. 설사 패가수가 도기운보다 뛰어난 무위를 지녔다고 해도 위태로운 상황에 처한 것이다.

그러나 그는 도기운이 오히려 자신보다 한 수 위라는 사실을 단 한 차례의 공격을 받은 결과 깨달았다.

'이 정도란 말인가, 천검사신위의 위력이……'

도기운이 패가수를 공격하는 순간 좌우에 서 있던 나궁조와 우지화도 동시에 마조와 남궁산을 공격했다.

뿐만 아니라 삼마제는 사대세가의 팽덕과 황보풍, 제갈세가의 총관에게 덮쳐 갔다.

그리고 혼자 남은 남궁세가 대검총수에겐 진운상과 손진이 합세해서 공격해 갔다.

나궁조와 우지화는 한동안 마조를 미행하는 임무를 맡고 있었으므로 그의 얼굴은 알고 있지만 남궁산은 본 적이 없어서 얼굴을 모르고 있다.

우지화는 자신과 우림이 남궁가 삼족을 몰살시켰을 때 남궁산을 죽였다고 믿고 있었다. 그러므로 이곳에 그가 있으리라고는 꿈에도 생각하지 않았다.

우지화가 수중의 검을 휘둘러 눈에 보이지 않는 예리한 검풍(劍風)을 뿜어내고 있을 때 나운상의 얼음장 같은 외침이 터졌다.

"태저(太姐)! 그놈, 남궁산이에요!"

남궁산을 공격해 가던 우지화는 무슨 소리를 하느냐는 얼굴로 나운상을 쳐다보았다.

나운상은 남궁산을 가리키면서 서릿발처럼 외쳤다.

"그놈, 틀림없는 남궁산이에요!"

대정숙 오청반의 하나인 팔세영웅에 가입했던 나운상이 오대군림 발장인 남궁산을 모를 리가 없다.

그녀뿐 아니라 기개세와 육대명왕 모두 남궁산의 얼굴을 잘 알고 있다.

우지화는 그제야 자신과 우림이 그 당시에 죽인 것이 남궁산이 아니라는 사실을 깨닫고 분노가 치밀어 얼굴이 싸늘하게 변했다.

"이놈!"

우지화의 분노에 찬 외침이 실내를 쩌렁쩌렁 울렸다.

그러나 남궁산은 우지화가 공격을 하다가 잠깐 나운상을 쳐다보는 사이에 검을 뽑아 오히려 반격을 가해 우지화의 허점을 파고들었다.

쐐애액!

남궁산의 검이 날카로운 파공음을 일으키며 그보다 더 날카롭게 아래에서 위로 우지화의 가슴을 찔러갔다.

위기의 순간이다.

그러나 우지화는 초승달처럼 고운 아미를 상큼 치뜨면서 차갑게 코웃음 쳤다.

"흥! 감히!"

허공중에 비스듬히 떠 있는 상태에서 그녀의 몸이 옆으로 한 바퀴 구르면서 남궁산의 공격을 간단하게 피하는가 싶더니, 어느새 그의 옆구리를 휩쓸어갔다.

쉬이익!

남궁산이 대정숙 내에서 제아무리 몇 손가락 안에 꼽히는 실력을 지닌 대정생도였다고 해도 천검사신위의 우지화를 당할 수는 없는 일이다.

슈슈슈숙!

남궁산은 온몸 급소를 향해 소나기처럼 쇄도하는 취봉문의 성명검법인 난봉신비검(鸞鳳神飛劍) 앞에서 그야말로 속수무책이었다.

"으으으……"

그는 엉덩방아를 찧으며 주저앉더니 팔다리를 이용하여 필사적으로 마구 뒤로 물러났다. 그 모습은 마치 개펄의 게가 기어가는 것 같았다.

그러나 다음 순간 그의 안색이 백지장처럼 하얗게 질렸다.

쐐액!

우지화의 검이 자신의 목을 향해 비할 데 없이 빠른 속도로 쏘아오고 있는 것을 발견했기 때문이다.

남궁산은 눈을 질끈 감았다. 부모와 형제, 친지들의 모습이 빠르게 망막 속에서 명멸했다.

"언니! 멈춰요!"

그때 우림이 짧게 외쳤다.

척!

남궁산 앞에 가볍게 내려선 우지화는 그의 목에 검첨을 겨눈 채 우림을 쳐다보았다.

우림은 눈에서 불을 뿜듯이 냉랭하게 말했다.

"그놈의 목을 연아의 무덤 앞에서 베어야겠어요."

"호호홋! 좋은 생각이다."

우지화는 교소를 터뜨리고 나서 가볍게 손가락을 튕겨 지풍으로 남궁산의 마혈을 제압했다.

지풍이라는 것은 손가락을 튕겨 내공을 발출하여 허공을 격한 상태에서 적의 혈도를 제압하거나, 더 심오한 경우에는 물체를 뚫고 부수는 상승무공이다.

소림사나 무당파에서도 지풍을 전개할 수 있는 사람은 대여섯 명에 불과하다.

그런 지풍을 아무렇지도 않게 전개하는 우지화의 무위는 남궁산을 질리게 만들기에 충분했다.

그와 때를 같이하여 사대세가의 네 명은 일제히 무기를 버리고 그 자리에 무릎을 꿇으면서 다급히 외쳤다.

"살려주십시오!"

남궁세가의 대검총수는 죽기를 각오하고 싸우려 했으나 남궁산이 제압당하는 것을 보고는 자신도 검을 버리고 무릎을 꿇었다.

살려달라고 외치지는 않았으나, 살기 위해서 무기를 버리고 무릎을 꿇은 것은 비참하기 짝이 없는 일이다.

하지만 남궁가의 복수와 남궁세가의 부흥이라는 대의를 위해서라면, 동정을 받으려고 개처럼 꼬리를 흔들면서 구걸을 하듯 요미걸련(搖尾乞憐)이 아니라 그 이상의 수치스러운 행동도 할 수 있는 그다.

삼마제는 결정 여부를 물으려는 듯 기개세를 쳐다보았다.

기개세는 가볍게 고개를 끄덕였다.

"제압해라."

그러자 춘몽이 손가락을 튕겨 지풍으로 네 명의 마혈을 제압했다.

그때 옥마제가 남궁세가 대검총수의 머리를 만지작거리면서 기개세에게 뚱딴지같은 말을 꺼냈다.

"주군, 나중에 이놈을 속하에게 주시면 안 되겠습니까?"

"뭘 하려는 것이냐?"

옥마제는 혀로 입술을 핥으면서 입맛을 다셨다.

"쩝! 이놈 대갈통의 모양으로 미루어 골이 아주 맛있을 것 같습니다. 산 채로 대갈통을 빠개서 골을 뽑아내 김이 모락모락 나는 것을 소금에 찍어 먹으면 아주 일품입니다."

대검총수의 얼굴이 일그러졌다.

반면에 기개세는 반색했다.

"그래? 술안주로는 어떤가?"

옥마제는 엄지손가락을 세웠다.

"최고죠!"

기개세도 군침을 흘리며 입맛을 다셨다.

"좋아, 나중에 내가 술 한잔 낼 테니 그놈 골을 반반씩 나눠 먹자."

"넵!"

남궁산과 사대세가의 사람들은 옥마제의 말을 듣고 그가 누군지 즉시 알아차렸다.

무림에는 별별 괴이한 인물들이 많지만, 사람의 골을 빼 먹는 엽기적인 인물은 단 한 명, 혈룡십마제의 옥마제뿐이다.

일설에는 그가 사십대 중반의 나이인데도 수시로 사람의 골을 먹는 덕분에 젊음을 유지하여 삼십대 초반으로 보인다는 풍문이 돌고 있었다.

남궁산 등은 눈동자를 굴려 춘몽과 적마제의 모습을 살피다가 그들이 각각 혈마제와 적마제라는 사실을 알아보고 놀라움을 감추지 못했다.

나운상은 기개세가 대검총수의 머리를 보면서 입맛을 다시는 것을 보고 얼굴을 찌푸리며 손가락으로 그의 허리를 살짝 꼬집었다.

기개세는 그녀를 보며 너스레를 떨었다.

"왜? 너도 먹고 싶으냐?"

"못살아."

나운상은 더욱 얼굴을 찌푸리며 기개세를 외면하고 말았다.

그 즈음, 도기운은 패가수와 나궁조는 마조와 싸우고 있는 중이었다.

아니, 싸운다기보다는 도기운과 나궁조가 일방적으로 공격을 퍼붓고, 패가수와 마조는 피하고 방어하기에만 급급한 상황이다.

그런데 도기운은 일방적인 공격을 퍼부으며 이미 오 초식을 쏟아냈는데도 패가수를 제압하지 못하고 있다.

그것은 도기운과 패가수의 실력이 비슷하다는 뜻이다.

아니, 엄밀하게 따지면 도기운이 반 수 정도 위다. 기선을 뺏고 반 수 정도 위의 실력으로 공격을 퍼붓고 있는데도 패가수는 위태위태하면서도 용케 버티고 있다.

더구나 패가수는 수중에 한 자 반 길이의 절반으로 잘라진 금패봉을 쥐고 있을 뿐이다.

도기운의 무위에 대해서 잘 알고 있는 우지화와 담무혁은 그 광경을 보면서 적잖이 놀라고 있었다.

도기운은 삼 갑자 공력을 지녔으며, 무림 최강고수 다섯 명 중에 꼽힐 정도다.

기개세는 패가수를 뚫어지게 주시했다.

그의 신분이 무엇인지는 정확하게 모르고 있지만, 아직 이십대 중반의 나이인 것을 미루어볼 때 살려두면 장차 중원에서는 아무도 상대할 수 없을 정도의 초극고수가 될 것이 분명했다.

또한 패가수에 비해서 자신의 실력이 너무나도 형편없다는 자책이 들었다.

만약 자신이 패가수와 일대일로 싸운다면 일 초식도 버티지 못하고 패하고 말 것이 분명했다.

천검사신위 네 사람 중에서 도기운이 가장 고강하고, 그다음이 나궁조와 담무혁이며 도기운에 비해 반의 반 수 정도 하수다. 그리고 우지화는 도기운에 비해 반 수 아래다.

그런 나궁조가 마조를 쉽게 제압하지 못하고 애를 먹고 있는 중이다.

마조는 패가수에 비해서 한 수 정도 아래인 듯했다. 그렇다면 나궁조에게는 한 수 이상 하수라는 뜻이다.

일개 대정생도인 마조가 나궁조와 일대일로 싸우면서 패색이 짙지만 그래도 잘 버티고 있는 것을 보고 기개세와 육대명왕, 삼마제, 심지어 남궁산 등도 놀라움을 금치 못했다.

그러나 패가수나 마조는 길어야 오 초식을 넘기지 못하고 곧 제압될 것 같았다.

쉬쉬쉭!

쐐애액!

무기끼리 부딪치는 음향은 나지 않았다. 단지 무기가 허공을 가르는 파공음만 실내에 난무했다.

그때 마조의 입술이 미미하게 달싹거렸다. 패가수에게 뭔가 전음을 보내고 있는 것이다.

다음 순간 마조의 왼손이 재빨리 품속으로 들어갔다가 나오는데, 손에는 작은 감자 크기의 둥글고 검은 물체가 쥐어져 있었다.

그와 동시에 계속 수세에 몰리고 있던 패가수가 돌연 왼팔을 앞으로 쭉 뻗었다.

쿠오옴!

순간 활짝 펼쳐진 그의 장심에서 오색의 흐릿한 기운이 소용돌이치듯이 뿜어져 나왔다.

'오행무상공(五行無上功)!'

도기운은 흠칫 가볍게 표정이 변했다. 그러나 그는 피하지 않았다. 자신이 피하면 뒤에 있는 사람들이 패가수의 오행무상공에 당할 것이기 때문이다.

순간 그의 왼손이 슬쩍 뒤로 굽혀졌다가 앞으로 뻗어졌다.

휴우웅!

순간 그의 손바닥에서 산악 같은 기세의 장력이 발출되었다.

그의 성명장법인 태극사신장(太極四神掌)이다.

펑!

그때 갑자기 고막을 찢는 듯한 엄청난 폭음이 터졌다.

찰나 도기운은 뭔가 잘못됐다는 생각이 번쩍 들었다. 자신이 발출한 장력과 패가수의 장력이 격돌하기도 전에 폭음이 터졌기 때문이다.

그리고 폭음과 함께 바닥에서 짙은 운무가 피어올라 삽시간에 사방으로 퍼져 나갔다.

원래 마조는 패가수가 오행무상공을 발출하는 것과 동시에 수중에 있던 검은 물체를 바닥을 향해 힘껏 던졌다.

검은 물체는 발연통(發煙筒)이다. 터뜨리면 짙은 연막이 순식간에 주위를 뒤덮어 버린다.

마조가 발연통을 던진 직후에 도기운이 장력 태극사신장을 발출한 것이다.

"……!"

도기운은 짙은 운무가 퍼지고 시작하고 있는 속에서 전면의 패가수가 장력을 발출한 왼손을 급히 거두면서 뒤로 물러나는 광경을 발견했다.

도기운은 아차 싶어서 발출한 태극사신장을 그 즉시 거두어들였다.

초식을 전개하는 것보다 거두는 것이 훨씬 어려운 것은 상식이다.

더구나 패가수는 처음부터 장력을 발출하는 체하다가 거

둘 생각이었고, 도기운은 장력을 발출하여 패가수의 장력을 상대할 생각이었기 때문에 거두는 속도가 다를 수밖에 없었다.

급히 장력을 거둔 도기운이 재빨리 주위를 살펴보자 이미 실내에 짙은 운무가 가득 차서 코끝조차 보이지 않았다.

기개세를 호위하고 있는 앞쪽의 담무혁과 좌우의 나운상, 우림, 그리고 뒤쪽의 담신기와 도격은 바짝 긴장하여 일제히 무기를 뽑아 들었다.

짙은 운무 속에서 패가수와 마조가 기개세에게 암습을 가할 수도 있기 때문이다.

"놈을 놓치지 마라!"

패가수와 마조가 도주하려고 운무를 피운 것이라고 판단한 기개세는 우렁차게 외쳤다.

그 순간 담무혁은 전면 허공에 무엇인가 흐릿하게 반짝이는 물체를 발견했다.

그러나 다음 순간 그 물체는 순식간에 그의 머리 위를 스쳐 지나며 아래로 내리꽂혔다.

담무혁은 자신의 뒤 반 장 거리에 기개세가 있다는 사실을 깨닫고 혼비백산했다.

퍽!

바로 그 순간 담무혁이 뒤를 쳐다보기도 전에 둔탁한 음향이 뒤쪽에서 들렸다.

경험이 풍부한 그는 그것이 어떤 물체가 살과 뼈를 뚫는 소리라는 것을 듣는 즉시 알아차렸다.

"주군!"

그는 피를 토하듯이 외치면서 다급히 뒤돌아보았다.

털썩!

그때 뿌연 운무 속 바로 앞에서 무언가 묵직한 물체가 쓰러지는 소리가 들렸다.

"주군!"

담무혁의 심장을 토해내는 듯한 외침이 실내를 뒤흔들었다.

# 第七十五章

## 두 소녀의 희생과 감동

운무가 걷혀가고 있는 실내 입구 쪽 바닥에 기개세가 앉아 있고, 그의 품에 우림이 안겨 있다.

우림의 가슴 한복판에 빛나는 길쭉한 물체가 꽂혀 있다.

그 물체는 패가수의 잘라진 금패궁의 절반이다. 한 자 반 길이의 그것이 한 뼘 남짓 남겨놓고 우림의 가슴속에 박혀서 등 뒤로 한 뼘 정도 튀어나왔다.

"림아……."

기개세는 우림을 부둥켜안은 채 비통하게 중얼거렸다.

패가수는 천장으로 솟구치면서 쥐고 있던 금패궁 절반을 기개세를 향해 쏘아냈다. 탈출을 하는 와중에도 기개세를 암살하려 한 것이다.

담무혁은 자신의 머리 위로 지나가는 반짝이는 물체를 놓쳤으나 우림은 놓치지 않았다.

일촉즉발의 순간, 그녀는 기개세를 밀어내거나 검으로 금패궁 절반을 쳐낼 만한 여유가 없자 앞뒤 생각할 것 없이 자신의 몸을 날려 몸으로 막아낸 것이다.

패가수는 금패궁 절반을 기개세를 향해 쏘아낸 직후 천장을 뚫고 탈출을 시도했고, 그 뒤를 마조가 따랐다.

낌새를 눈치챈 도기운과 나궁조가 즉시 그 뒤를 추격하려고 했으나 담무혁이 처절하게 기개세를 부르는 외침을 듣고는 추격을 포기했다.

패가수를 추격하는 것보다 주군의 안위를 살피는 것이 더 우선이기 때문이다.

그러나 만약 기개세가 무사하고 그 대신에 우림이 다친 것을 알았더라면 패가수를 추격했을 것이다.

실내에는 천검사신위와 천검삼영, 육대명왕, 삼마제가 기개세 주위에 모여 서 있었다.

그리고 그 옆에 마혈이 제압된 사대세가 인물들이 무릎 꿇은 자세로 있다.

하지만 남궁산의 모습은 보이지 않았다. 패가수가 그를 데리고 탈출했기 때문이다.

우지화는 남궁산이 사라진 사실을 알고 있지만 우림을 걱정하느라 남궁산에 대해서는 신경 쓸 겨를이 없었다.

우림은 안색이 백지장처럼 창백했다. 그리고 가쁜 숨을 몰아쉬면서 자꾸 눈을 감았다.

"하아… 하아아……."

"림아, 정신을 잃으면 안 돼!"

기개세는 핏발이 곤두선 눈으로 우림의 양어깨를 움켜잡고 절박하게 외쳤다.

우림은 가늘게 눈을 뜨고 기개세를 바라보려고 애썼다.

"하아아… 주… 군…….'"

"그래, 나 여기 있다."

"다… 친… 데 없죠……?"

기개세는 울컥 뜨거운 것이 가슴속에서 치밀었다.

"나는… 말짱하다."

우림의 얼굴로 기개세의 뜨거운 눈물이 후두두 떨어졌다.

철이 들고 나서 우는 것은 처음이다. 우는 것이 부끄러워서 울지 않은 것이 아니라 울 만한 일이 없었다. 아니면 감정이 메말랐던가.

그러나 지금은 뭐라고 말로 설명할 수 없는 기분이다.

가슴이 갈가리 찢어지는 것 같으면서도 용암이 펄펄 끓는 것 같기도 하다.

조금 전보다 더 창백해진 우림의 입가에 배시시 미소가 피어났다.

"울… 지 말… 아요……."

그녀는 바들바들 떨리는 손을 들어 기개세의 얼굴로 가져 가려고 했지만 힘이 없어서 툭 떨어졌다.

기개세는 그녀의 손을 잡고 자신의 뺨에 대주었다.

우림의 얼굴에 젖은 배꽃 같은 미소가 오롯이 떠올랐다.

"속하… 안 죽… 어요……. 주군께서… 소… 속하를… 치 료… 해 주세요……. 아… 알았… 죠……?"

"알았다. 이대로 널 죽게 내버려 두지 않는다. 절대로."

기개세 때문에 우연이 죽었다. 그런데 지금 우림이 또다시 죽어가고 있다.

만약 우림마저 죽는다면 기개세는 미쳐 버릴 것이다. 천검 신문이고 나발이고 가까운 사람이 죽어가는 꼴은 더 이상 볼 수 없는 것이다.

빙 둘러서서 우림을 굽어보는 사람들은 모두 침통하기 짝 이 없는 표정이었다.

여자들과 부옥령은 모두 펑펑 눈물을 쏟아내고 있다.

그중에서도 우지화는 우림만큼이나 안색이 창백해져서 소 리없이 눈물을 흘리고 있다.

막내 여동생 우연에 이어서 우림마저 죽으면 이제 우지화 는 혼자 남게 된다.

그렇다고 누굴 원망할 수도 없는 일이다. 우림은 주군의 목 숨을 구하고 대신 당하지 않았는가.

우연이 죽었을 때에는 슬픔을 참으면서 오히려 주군을 위해서 죽었으니 가문의 영광이라고 말했었다.

하지만 우림마저 죽으면…….

이번에는 그렇게 말할 수 없을 것 같다.

어떤 형태이든 죽음은 슬픈 일이니까.

"언니… 남… 궁산… 은……."

우림이 자꾸만 감기려는 눈으로 중얼거렸다.

"안심해라, 림아. 놈이 도망치려고 해서 내가 죽였다."

우지화는 거짓말을 했다.

그제야 우림의 창백한 얼굴에 흐릿하게 안도의 표정이 떠올랐다.

그리고 그녀는 깊고 깊은 혼절의 늪으로 가라앉았다.


낙성검가는 무거운 침묵 속에 잠겨 있다.

거대한 대장원 전체를 짓누르고 있는 것은 슬픔만이 아니다.

소랑과 우림 두 소녀가 보여준 숭고한 희생으로 인하여 천검신문 사람들은 깊은 감동을 받았다.

말하자면 슬픔이 밑바닥에 깔린 감동이다.


우림은 기개세에게 치료해 달라고 부탁했었다. 하지만 기개세는 우림과의 약속을 지킬 수가 없었다. 왜냐하면 그는 의술을 모르기 때문이다.

그러나 우림과의 약속을 지키려고 최선을 다했다.

그는 방에 침상 하나를 더 들여와서 두 개의 침상을 나란히 붙여놓았다.

그리고 한 침상에는 소랑을, 그리고 그 옆 침상에는 우림을 눕히고 치료를 받게 했다.

천검사호문 중에서 취봉문은 의술로도 타의 추종을 불허하는 실력을 지니고 있다.

취봉문에 속한 고수들은 하나같이 웬만한 의원 뺨칠 정도의 의술을 지니고 있다.

그리고 취봉문 내에서 대대로 의술을 전수받아 맥을 이어오고 있는 취의선당(翠醫仙堂) 고수들, 즉 취의선녀(翠醫仙女)들의 의술은 말 그대로 의선(醫仙)의 경지에 올라 있다.

기개세가 사람들을 이끌고 개봉성 정린당으로 간 사이에 낙성검가에 주둔하고 있는 취의선녀 중의 한 명이 소랑을 치료하고 있었다.

그녀는 취의선당의 당주다. 취의선녀들 중에서도 의술이 최고 수준이다.

당주는 지금 우림을 치료하고 있다. 소랑보다 우림이 더 위험한 상황이기 때문이다.

그리고 소랑은 다른 취의선녀가 치료를 맡았다.

실내에는 기개세와 소랑, 우림, 그리고 두 명의 취의선녀뿐이다.

기개세는 손수 취의선녀들의 수발을 하나에서 열까지 다 들어주고 있었다.

그는 우림이 자신에게 치료를 해달라고 부탁한 이유가, 그녀가 다른 사람에게는 자신의 몸을 보이기 싫어하기 때문인 것이라고 생각했다.

그래서 이 방에는 두 명의 취의선녀 외에 아무도 들어오지 못하게 한 것이다.

밖에는 동이 터오고 있는데 우림은 여전히 혼절에서 깨어나지 못하고 있다.

가슴 한복판에 꽂혔던 절반의 금패궁은 뽑혔고, 취의선당주가 일차 치료를 마쳤다.

취의선당주의 말에 의하면, 갈비뼈가 부러진 것은 별것 아니라고 한다.

문제는 뚫어진 위와 폐인데, 위보다는 폐의 구멍이 더 위중하다는 것이다.

그나마 다행한 것은 좌우 두 개의 폐 복판에는 위와 심장이 있는데, 심장은 다치지 않았으며 왼쪽 폐의 안쪽 부위 가장자리에 구멍이 뚫린 것이다.

또한 좌우 폐의 복판 윗부분에는 폐동맥과 폐정맥이 있는데 그것 역시 다치지 않았다.

만약 둘 중 하나에 손상을 입었다면 지금보다 훨씬 위험한 상황이 됐을 것이라고 한다.

취의선당주는 제일 먼저 관통된 상처를 봉합, 치료하고 그 다음에 약을 먹여서 내상을 다스리는 한편 가슴의 상처 부위를 손바닥으로 쓰다듬으면서 진기를 주입하는 방법을 병행하고 있었다.

소랑은 얼굴과 손바닥, 발바닥, 사타구니를 제외한 전신의 피부가 조각조각 떨어져 나간 상태였다.

세상에는 그런 상처를 치료하는 약이 별로 없다. 그런 상처를 입은 사람이 거의 없기 때문이다.

그래도 취의선당은 피부 상처에 잘 듣는 치료약이 있어서 소랑은 실오라기 한 올 걸치지 않은 발가벗은 몸으로 온몸 구석구석에 약을 바른 채 누워 있었다.

몸의 뒷면에 약을 바른 후 약이 꾸들꾸들해지면 돌아누워서 앞면을 바른다. 그렇게 반나절마다 한 번씩 반복적으로 치료하고 있다.

소랑은 치료를 하는 동안에는 꼼짝도 할 수가 없다. 몸에 바른 약이 꾸들꾸들해지면 몸 전체를 얇은 막으로 도포(塗布)한 것처럼 돼버려서 살짝 움직이기만 해도 살갗이 찢어지는 것처럼 아프기 때문이다.

그 고통은 고문을 당할 때 피부를 떼어내는 것과 비슷한 수준이다.

정말 다행스런 일은, 실명된 줄 알았던 소랑의 왼쪽 눈이 회복됐다는 사실이다.

그 대신 눈썹에서 눈을 거쳐 관자놀이에 이르는 손가락 두 마디 길이의 깊은 흉터가 생겼다.

소랑은 정린장의 뇌옥에 백여 일 동안 갇혀 있었던 탓에 극도의 영양 결핍 상태가 됐기 때문에 영양가 높은 요리와 보약을 많이 먹이고 있었다.

물론 움직이지 못하는 그녀를 위해서 기개세가 손수 요리와 죽, 보약들을 그녀에게 먹여준다.

그뿐만이 아니라 기개세가 그녀의 대소변까지도 다 받아내고 있었다.

기력을 회복시키느라 기름진 요리와 보약을 많이 먹이기 때문에 용변을 자주 보고 또 양도 많다.

하지만 기개세는 눈살 한 번 찌푸리지 않고 오히려 우스갯소리로 소랑을 웃기면서 그 일을 하고 있었다.

그는 의술을 모르기 때문에 자신이 할 수 있는 일이라면 무엇이라도 망설이지 않는다.

우림은 혼수상태에 빠져 있으나 여러 종류의 미음을 입 안으로 흘려서 넣어주기 때문에 그녀도 용변을 보고 그 또한 기개세가 해결한다.

소랑은 치료 때문에 벌거벗었고, 우림은 언제 용변을 보는지 알 수가 없어서 하의를 벗겨놓았다.

대정숙은 생도에게 급한 일이 생겼을 때 사전에 통보를 하는 경우에 한해서 외박을 늦춰주는 제도가 있는데, 기개세는 담신기를 대정숙으로 보내 자신의 외박을 열흘 늦춰달라고 요구하여 허락을 받았다.

내일 아침이면 대정숙에 입숙해야 하는데 소랑과 우림을 이대로 놔둔 채 들어갈 수 없기 때문이다.

"랑아, 용변 보고 싶니?"

붙여놓은 두 침상 가운데 앉아서 취의선당주가 진기로 우림의 내상을 치료하는 광경을 줄곧 지켜보던 기개세는 문득 소랑을 뒤돌아보고는 물었다.

그녀가 눈을 꼭 감은 채 얼굴을 찡그리고 있는 것을 발견한 것이다.

그러나 소랑은 대답하지 않고 마치 나쁜 짓을 하다가 들킨 아이처럼 움찔 가볍게 몸을 떨었다.

기개세는 정린장에서 돌아온 후 소랑의 대변을 두 차례, 소변은 다섯 차례 받아내고 닦아주었다.

소랑은 기어다닐 때부터 기개세의 품속에서 키워졌고, 한 몸이나 다를 바 없이 자랐다.

또한 얼마 전까지만 해도 서로 알몸으로 부둥켜안은 채 추호도 거리낌없이 자곤 했다.

하지만 지금은 십칠 세 나이에 어엿한 소녀가 되었다. 기개세하고 아무리 허물없는 사이라고 해도 여자로서 최후의 보루 같은 것이 있는 법이다.

소랑이 대답이 없자 기개세는 다시 묻지 않고 얼른 침상에서 내려와 한쪽 구석에 놔둔 마유(馬癒:매화틀:휴대 용변기)를 갖고 소랑에게 다가갔다.

그러고는 아무 말도 하지 않고 소랑을 아주 조심스럽게 일으켜서 마유에 걸터앉게 해주었다.

소랑은 여전히 눈을 뜨지 않고 기개세가 하는 대로 가만히 있었다.

그러면서 시도 때도 없이 대변이 마려운 자신의 뱃속을 애꿎게 나무랐다.

여자가 아무리 아름답고 고귀하다고 해도 먹고 배설하지 않으면 인간이 아닌 괴물이다.

먹는 것은 부끄러워하지 않는데, 어째서 배설하는 것은 수치스러워하는 것인지 모를 일이다.

기개세는 소랑이 용변을 보는 동안 그녀가 좌우로 자빠지지 않도록 잘 잡고 있었다.

이윽고 용변을 다 보자 조심스럽게 그녀를 다시 눕히고 마유를 치운 후 물그릇과 부드러운 천을 가져와 그녀의 은밀한 부위를 깨끗이 씻고 닦아주었다.

그 일이 다 끝날 때까지 소랑은 눈을 한 번도 뜨지 않았고, 기개세는 한마디도 하지 않았다.

눈을 뜨면 더 부끄러울 것 같기 때문이고, 말을 하면 소랑이 불편할 것 같기 때문이다.

기개세는 소랑의 머리를 부드럽게 쓰다듬어 주었다. 그렇게 해주면 소랑이 편안한 기분으로 곧잘 잠이 들기 때문이다.

일각쯤 지나자 소랑은 고른 숨소리를 흘렸다. 잠들었을 때의 숨소리다.

기개세는 미소를 지으며 그녀를 바라보다가 손을 떼고 우림을 향해 돌아앉았다.

취의선당주는 우림의 가슴을 고르게 쓰다듬으면서 진기를 주입하여 내상을 치료하다가 지쳐서 지금은 운공조식을 하고 있는 중이었다.

기개세는 우림의 얼굴을 쳐다보았다. 핏기없이 창백한 안색은 정린장에서 쓰러졌을 때나 변함이 없는 상태다.

숨소리는 귀를 기울여야만 겨우 들리고, 맥은 불규칙하며 몹시 미약하다.

뜨고 있을 때에는 크고 서늘한 눈인데, 감고 있으니까 창을 닫아 방 안이 어두운 것처럼 답답하다.

길고 우아하게 뻗은 속눈썹이 너무도 슬프다.

기개세의 시선이 아래로 흘러 가슴의 상처로 향했다.

엄지손가락 하나가 통째로 드나들 정도로 컸던 상처에는 피딱지가 앉았고 약이 고루 발라져 있다.

호흡을 하지 않는 것처럼 너무 미약하기 때문에 풍만한 젖가슴은 미동도 하지 않는다.

너무 희어서 눈이 부실 듯하고, 부드러워서 얼굴을 묻고 싶은 젖가슴과 그 꼭대기에 매달려 있는 조그만 연분홍색의 유두는 애처롭기만 하다.

'빌어먹을…….'

기개세는 속으로 씹어뱉듯이 중얼거렸다.

우림은 그를 구하려다가 이 지경이 되었는데, 그는 우림을 위해서 해줄 수 있는 것이 하나도 없다는 사실이 비참하기 짝이 없다.


"허허헛! 그 녀석들은 뭐가 그리도 바쁜지……."

낙성검가의 가주 낙성일협 유당환은 너털웃음을 터뜨렸다.

웃기는 하지만 서운한 기색이 완연한 웃음이다.

자식들 삼 남매가 외박을 나왔다가 내일 아침이면 대정숙으로 돌아가는데, 외박을 나온 첫날 아침에 인사를 하러 와서 코빼기만 살짝 내비치고 간 이후 지금껏 감감무소식이기 때문이다.

이번만이 아니다. 요즘 들어서는 외출은 아예 나오지도 않을뿐더러, 외박이랍시고 나오면 겨우 한두 번 얼굴만 보는 것이 고작이었다. 그런데 이번 외박은 정도가 심했다.

하여상도 삼 남매가 무엇을 하는지 모르는 것과, 자주 만나 식사라도 함께하고 싶은 마음이 굴뚝같기는 마찬가지였다.

부친 유당환은 이제 완쾌가 되어 문하 제자들을 직접 가르치고 낙양성에서의 활동도 활발했다.

이즈음의 그는 낙양성 내에서 제법 명성을 쌓아가고 있는 중이었다.

"아버님, 소자 석입니다."

그때 방문 밖에서 유석의 공손한 목소리가 들렸다.

순간 유당환과 하여상의 얼굴에 반가움이 가득 떠올랐다.

"들어오너라."

하여상의 말에 곧 방문이 열리고 유석과 유정이 차례로 들어와 공손히 인사를 올렸다.

"영아는 어디에 있느냐?"

하여상은 기개세가 뒤따라 들어오지 않자 서운한 기색을 떠올리며 물었다.

"친구가 다쳐서 치료를 해주고 있습니다."

"친구 누가 다쳤느냐?"

하여상은 놀라서 벌떡 일어섰다.

"어머님께선 모르는 친구입니다."

"어미가 모르는 친구가 있었느냐?"

유석은 난감한 표정을 지었다. 모친을 속여야 하는 것이 괴롭기 때문이다.

"영아 방에 있느냐? 내가 가봐야겠다."

"안 됩니다."

하여상이 문으로 가려고 하자 유석과 유정이 동시에 앞을 막아섰다. 두 사람의 행동은 '만류' 라기보다는 '제지' 에 더 가까웠다.

"너희들……."

하여상의 얼굴이 확 굳어졌다.

그러나 그녀는 미련한 사람이 아니다. 유석과 유정의 행동 에서 뭔가 심상치 않음을 느꼈으나 곧 얼굴 표정을 풀었다.

사실 그녀가 기개세와 그 주변에서 심상치 않은 느낌을 받 은 것은 이번이 처음이 아니다.

낙성검가의 후원 쪽을 자식들에게 내주고는 문하 제자들 에겐 후원에 얼씬도 못하도록 단단히 일러두었으나, 그녀 자 신은 가끔씩 후원을 한 바퀴씩 둘러보곤 했다. 의심을 하기 때문이 아니라 염려하는 차원이었다.

특히 자식들이 외박을 나왔을 때에는 더 자주 후원을 둘러 보는데, 이따금 기이한 느낌을 받은 적이 있었다.

사람은 눈에 띄지 않는데 인기척이 느껴지는 것이다. 그것 은 어떤 장소에 갔을 때 섬뜩한 냉기를 느끼거나 후덥지근한 훈기를 느끼는 것과 비슷하다.

나무나 돌, 쇠, 흙하고는 달리 사람에게서는 여러 종류의 고유한 기운이 풍겨진다.

그런 것들을 완벽하게 감출 수 있는 사람은 일급 살수뿐일 것이다.

인기척이 느껴질 때마다 하여상은 후원 쪽 전각들을 세밀하게 살펴보았으나 사람이라고는 자식들 삼 남매와 그들의 친구들뿐이었고, 다른 전각들은 텅 비어 있었다.

그런데도 비어 있는 전각에서 조금 전까지 사람들이 있었던 듯한 기척이나 온기가 느껴졌다.

하지만 그녀는 그런 것에 대해서 깊이 파고들지 않았다. 기개세와 유석, 유정을 믿기 때문이었다.

이윽고 하여상은 길게 한차례 호흡을 한 후 유석과 유정에게 조용히 물었다.

"너희들에게 벌어지고 있는 일이 나쁜 것은 아니겠지?"

믿지만 그래도 부모는 노파심의 결정체다.

"물론입니다, 어머님."

유석이 대답하는 것을 들으면서 유정은 입이 간지러워서 미칠 지경이었다.

작은오빠가 전설의 천검신문 문주이며 머지않아 태문주가 될 것이고, 미구에 닥쳐올 천하의 대혈풍을 구하게 될 때, 유석과 유정 자신들도 작은오빠의 최측근에서 팔대명왕이라는 이름으로 맹활약할 것이라는 사실을 비밀로 하자니까 속에서 천불이 나는 것만 같았다.

"어머니, 낙성검가는 머지않아서 무림의 명문대파가 될 거예요. 그리고 작은오빠는 무림의 대영웅이 되어 전설로 남을 거예요."

"정아!"

유정은 끝내 참지 못하고 한꺼번에 말을 쏟아냈고, 깜짝 놀란 유석이 다급히 그녀의 입을 막았다.

하지만 하여상과 유당환은 유정이 무슨 말을 하는 것인지 추호도 짐작하지 못했다.

그리고 유정은 유석에게 끌려 나갔다.


*        *        *


"도대체 날 언제까지 붙잡아두고 있을 셈이지?"

뾰로통한 소녀의 예쁜 목소리가 잔잔하게 실내를 울렸다.

샛노란 색의 몸에 착 달라붙는 비단옷을 입은 소녀는 머리를 하나로 땋아서 허리까지 길게 늘어뜨렸다.

어깨에는 한 자루 검은색의 검을 메었으며, 허리에는 흰색의 동그랗게 만 채찍을 매달고 있다.

크지도 작지도 않은 적당한 키에 가녀린 체구, 그러나 가슴은 풍만했고 허리는 한 줌밖에 되지 않을 듯 잘록했으며, 다리는 길고 곧게 뻗은 늘씬한 모습이다.

게다가 얼굴은 '이런 미모야말로 절대완미'라고 대변하듯, 숨이 막힐 듯한 아름다움의 결정체 그것이었다.

그녀는 바로 낭군을 찾아서 낙양성에 온 독고비였다.

"바빠 죽겠는데 이런 곳에서 허송세월만 보내고 있으니……."

독고비는 의자에서 발딱 일어나 실내를 오락가락 서성이기 시작했다.

그녀는 조금 전까지도 서성거리다가 의자에 앉은 지 채 반 각도 지나지 않았다.

그녀에게서 멀지 않은 곳에는 일남일녀가 나란히 서서 독고비를 바라보고 있었다.

남자는 한 자루 고색창연한 검을 멘 삼십대 초반의 유생 같은 모습이고, 여자는 역시 검을 멘 이십오륙 세가량의 미녀였다.

독고비가 안달재신을 하고 있는 것과는 달리 일남일녀는 훈훈한 미소를 머금은 채 그녀를 바라보고 있었다.

독고비는 창 앞에 오도카니 서서 팔짱을 끼고 한동안 창밖을 바라보았다.

창밖은 잘 가꾸어진 아담한 정원이고, 그 너머로 몇 채의 고풍스러운 전각이 보였다.

독고비는 여전히 뾰로통한 표정에 입술을 잘근잘근 깨물고 있는 모습이 여간 예쁘고 귀엽지 않았다.

문득 그녀는 창 앞을 떠나 방문으로 걸어갔다.

그녀가 방문에 손을 대자 뒤에서 조용한 여자의 목소리가 들렸다.

"어디 가십니까?"

독고비는 돌아보지 않은 채 태연히 대답했다.

"쉬 하러 갈 건데도 따라올 거야?"

추호의 기척도 없이 독고비의 등 뒤 두 자 거리까지 다가온 일남일녀 중 여자가 공손히 허리를 굽혔다.

"저희가 모시겠습니다."

척!

이어서 방문을 열자 독고비는 홱 몸을 돌려 의자로 돌아가서 탈싹 앉으며 냉소했다.

"흥! 이게 감금 생활이지 뭐야."

일남일녀는 다시 원래의 자리로 돌아가서 섰다. 하지만 독고비의 푸념에는 반응을 보이지 않았다.

"얼마나 더 기다려야 하지?"

일남일녀의 무반응에는 이력이 난 듯 개의치 않고 독고비는 창을 조금 더 열며 물었다.

그러자 여자가 잔잔하게 흐르는 계류처럼 촉촉한 목소리로 대답했다.

"어르신 중에 아직 두 분께서 도착하시지 않았습니다."

그녀는 수려한 이목구비에 청초한 외모에 걸맞지 않게 꽤나 꼬장꼬장한 성격을 지녔다.

"아휴……."

독고비는 지쳤다는 듯 한숨을 폭 내쉬더니 일남일녀를 바라보며 조금 불쌍한 표정을 지었다.

"청향(清香), 잠시만 나갔다가 오면 안 될까?"

여자 청향은 공손히 대답했다.

"소저께서 어디를 가시고 무엇을 하시든 가로막는 자가 있다면 저희가 처리하겠습니다."

독고비는 살짝 아미를 찌푸렸다.

"너희가 가로막고 있잖아."

그 모습이 깨물어주고 싶을 만큼 예쁘고 귀여워서 일남일녀는 빙그레 미소가 피어나는 것을 겨우 참았다.

"저희는 소저의 수하일 뿐입니다."

"감시자야."

"지난번에 소저께서 갑자기 사라지셨기 때문에 저희가 얼마나 걱정했는지 아십니까?"

청향은 참고 참았던 말을 이제야 꺼냈다.

"그때는 내 휴가 기간이었어! 그런데도 내 사적인 일까지 너희들의 감시를 받아야 하는 거야?"

독고비는 빽 역정을 냈다.

그래도 청향은 표정 하나 변하지 않고 도리어 더욱 공손한 목소리로 말했다.

"다시 말씀드리지만 저희는 소저의 수하입니다. 소저께서 무엇을 하시든 저희는 감히 간섭하지 못합니다. 다만 소저를 호위할 뿐입니다."

"빛 좋은 개살구야. 내가 죄인이지 소저는 무슨 소저야?"

청향이 뭐라고 말하려는 것을 남자가 슬쩍 옷깃을 잡아당겨 만류하고 대신 공손히 말했다.

"소저, 급한 일이시면 제가 소저 대신 심부름이라도 다녀오겠습니다."

그러자 독고비의 초승달 같은 아미가 상큼 치켜떠졌다.

"대곤(大坤), 내 정혼자를 네가 대신 만나겠다고?"

소리치고 나서 그녀는 아차! 하는 표정을 지으며 급히 두 손으로 자신의 입을 막았다.

일남일녀 대곤과 청향은 명문 중에서도 명문의 최고수다. 그것은 웬만한 일로는 눈썹조차 까딱하지 않는 수양심을 지녔다는 뜻이다.

그런 그들의 수양심도 지금 이 순간만큼은 빛을 잃었다. 독고비의 '정혼자'라는 말에 눈이 휘둥그레지고 얼굴 가득 놀라는 표정이 떠올랐다.

第七十六章
살려내고 말겠다!

大都夫
대시부

기개세는 열흘 동안을 거의 뜬눈으로 지새우며 소랑과 우림을 정성껏 돌봤다.

하지만 소랑은 눈에 띄게 좋아지고 있는 데 반해서, 우림은 여전히 혼절에서 깨어나지 못하고 있었다.

의선의 경지에 올라 있는 취의선당주의 능력으로도 더 이상 손을 쓸 수 없는 상황이라고 한다.

외상이나 부러진 갈비뼈, 그리고 구멍이 뚫린 위까지는 치료가 됐는데, 폐에 구멍이 뚫린 것은 어떻게 할 방법이 없다는 것이다.

지금으로선 손바닥으로 진기를 주입하면서 가슴을 쓰다듬

거나 주물러서 추궁과혈의 수법으로 폐를 다스리는 간접적인 방법뿐인데 그것이 말처럼 쉽지가 않다.

보이지 않는 폐의 뚫어진 구멍 부위에 정확하게 진기를 주입하는 것도 힘들지만, 그것을 봉합하는 일은 더욱 어렵다는 것이다.

그리고 그보다 더 난감한 문제는, 봉합하는 속도가 워낙 느려서 치료를 하는 과정에 우림이 죽게 된다고 한다.

말하자면 지금 우림은 반생반사(半生半死) 상태에서 조금씩 죽음 쪽으로 더 깊이 기울고 있는 상태다.

그래도 취의선당주는 포기하지 않고 하루의 거의 대부분을 우림의 가슴에 진기를 주입하는 것으로 보내고 있다. 가능성은 희박하더라도 지금으로선 그 방법뿐이기 때문이다.

지금 취의선당주는 극도로 지쳐서 저만치 실내 가장자리에 아무렇게나 웅크리고 누워 잠을 자고 있었다.

기개세는 용변 보기를 끝낸 소랑의 음부와 항문을 물로 깨끗이 씻어준 후 부드러운 천으로 닦으면서도 신경은 온통 우림에게 쏠려 있었다.

소랑은 기개세가 벌써 열흘이 넘도록 수십 번에 걸쳐서 용변을 보게 해주고 은밀한 부위를 씻고 닦아주는 것에 꽤 적응이 된 상태였다.

용변을 보는 수치스러운 행위가 기개세에게만큼은 더 이상 수치스럽지 않았고, 음부를 씻고 닦아주는 것이 부끄럽지 않게 되었다.

아니, 오히려 그럴 때면 조금 미안하면서도 마음이 편안해지고 가슴이 따스해진다.

소랑은 처음에 비해서 상처가 많이 좋아졌으나 피부를 떼어낸 상처가 열흘 만에 완치될 수는 없었다.

취의선당주의 말에 의하면 앞으로 오륙 일은 더 치료를 해야 조금씩이나마 움직이는 데 지장이 없고 또 옷을 입을 수 있을 것이라고 한다.

톡톡.

"한숨 자라."

아기 기저귀를 갈 듯 소랑의 두 발목을 왼손으로 모아 쥐어서 높이 쳐들고는 항문과 음부의 물기를 천으로 부드럽게 닦아준 후, 기개세는 그녀의 음부를 손바닥으로 가볍게 두드리며 미소를 지었다.

기개세의 그런 행동에 소랑은 조금 부끄러웠으나 그보다는 편안함과 안도감이 훨씬 더 컸다.

기개세는 우림 쪽으로 돌아앉아 그때부터 꼼짝도 하지 않고 물끄러미 그녀를 굽어보았다.

소랑은 돌아앉은 기개세의 넓은 등을 아스라이 바라보았다.

기개세가 하루의 거의 대부분을 우림 쪽으로 돌아앉아서 보내고 있으나 소랑은 조금도 서운하지 않았다.

우림이 지금 어떤 상태인지 잘 알고 있으며, 만약 소랑 자신이 그런 처지에 놓였더라도 기개세가 똑같이 행동했을 것이라는 사실을 잘 알기 때문이다.

소랑은 요즘 너무나 행복하다. 어렸을 때 기개세와 한 몸처럼 붙어서 지낸 시기에는 그저 그와 함께 있는 것이 이유없이 마냥 좋기만 했다.

그런데 지금은 한 여자로서 한 남자인 기개세와 함께 있는 것이 좋은 것이다.

기개세에게는 소옥군이 있다. 소랑은 언젠가는 기개세와 소옥군이 부부가 될 것이라고 믿었다.

전에 기개세가 그렇게 말했기 때문이다. 그가 한 여자를 두고 장차 자신의 부인이 될 것이라고 말한 것은 소옥군이 유일하다.

또한 기개세의 주위에는 여러 아름다운 여자들이 있다. 기개세는 정말 잘생기고 성격이 좋아서 여자들에게 인기가 많은 것은 당연하다.

소랑은 기개세가 자신을 여자로 보지 않는다는 사실을 잘 알고 있었다.

그리고 자신이 그에게 여자로서 첩으로라도 선택될 일이 없다는 사실 또한 알고 있다.

그러면서도 소랑은 기개세를 남자로서 사랑하고 있었다.

열 살 때 요미선의 제자로 발탁되어 기개세 곁을 떠나 있었던 육 년 동안, 그녀는 기개세를 사랑하게 되었다.

그의 곁에 있었던 시절에는 너무 어려서 아무것도 몰랐는데, 떠나 있던 육 년여 동안 그녀가 아이에서 소녀로 성장하는 과정에 그와의 지난날들을 회상하면서 그를 사무치게 그리워하면서 사랑하게 되었던 것이다.

그리고 사부 요미선의 명령으로 기개세를 호위하기 위해서 육 년 만에 그의 곁에 다시 돌아온 이후부터 그를 향한 그녀의 사랑은 가슴속에서 불꽃처럼 타올랐었다.

하지만 그녀는 언제나 기개세 주위에서만 맴돌 수밖에 없었다. 그의 곁에 가까이 다가갈 수 있는 기회가 극히 적었기 때문이다.

그러나 지난 십 일 일 동안 기개세는 소랑 곁을 한시도 떠나지 않았다.

그뿐만 아니라 그가 직접 음식을 먹여주고, 용변을 보게 해주고, 은밀한 부위를 씻고 닦아주기까지 했다.

그뿐 아니라 잠이 들도록 머리를 쓰다듬어 주고, 취의선당주 대신 그녀의 온몸에 약을 정성껏 발라주기도 했다.

그 외에도 기개세가 해준 것은 많았으며, 그런 것들은 모두 그가 소랑에게 처음 해주는 것들이었다.

그래서 아니 할 말로, 소랑은 이런 행복을 또다시 느낄 수만 있다면 다시 한 번 기개세를 위해서 죽을 고비를 넘겨 만신창이가 될 수도 있다는 생각까지 했다.

　그렇게 기개세의 등을 하염없이 바라보는 소랑의 붉은 눈 속에서 사랑이 활활 타오르고 있었다.

　기개세는 한 시진 넘게 우림의 가슴 부위를 뚫어지게 주시하고 있었다.

　내일이면 그는 대정숙으로 돌아가야 한다. 끝내 우림이 깨어나는 것을 보지 못한 채 입숙해야 하는 것이다.

　아니, 그가 대정숙에 입숙한 후 우림은 깨어나는 것보다는 죽을 확률이 더 높다.

　그것이 괴롭다. 너무나 괴로워서 숨을 쉬는 것조차 힘겨울 지경이다.

　우연이 죽었고, 이제는 우림마저 사경을 헤매고 있다. 그녀는 생존보다는 죽음을 앞두고 있었다.

　취의선당주도 손을 놓아버린 상황이다. 지금 이렇게 살아 있는 사람이 며칠 후에는 죽을 것이라는 사실이 기개세는 도무지 믿어지지 않는다.

　우림이 기개세 곁에 머물렀던 시일은 그리 길지 않지만, 그녀가 남긴 자취는 너무 많고 또 깊다.

　기개세는 천성적으로 정이 많고 마음이 여린 사람이다. 그렇기에 자신 때문에 가까운 사람이 죽어가는 것을 보는 것은 자기 자신이 죽는 것보다 더 견디기가 어려웠다.

　지금 기개세를 더 괴롭히고 있는 것은, 가까운 사람이 죽어가는 일이 앞으로도 계속 이어질 것이라는 사실이다.

　그것을 막으려면 기개세 자신이 지금보다 훨씬 더 강해지는 길뿐이었다.

　그래야지만 약한 그를 보호하려다가 측근들이 죽는 불상사가 일어나지 않을 것이다.

　천검신문의 문주가 되고, 이곳 낙양성에서 천검사호문 사람들을 만난 이후 그는 자신이 하루속히 강해져야 한다고 생각했다.

　하지만 그 생각은 지금이 가장 절박했다. 천검신문의 태문주가 되어 천하를 대혈풍에서 구해내기 위해서가 아니라, 가까운 사람들을 더 이상 죽지 않게 하려면 그는 기필코 강해져야만 한다고 결심에 결심을 거듭하고 있다.

　'진기로써 뚫어진 폐 부위를 치료한다…….'

　한 시진 하고도 일각이 더 지났을 때 기개세는 문득 취의선당주가 해준 말을 떠올렸다.

　'내가 해볼까?'

　그는 의술을 모른다. 하지만 취의선당주가 십일 일 동안 하는 것을 줄곧 봐왔기 때문에 어떻게 하는지 잘 알고 있었다.

　하지만 이것은 극빙장에 당했던 소효령을 치료하는 것과는 근본적으로 다르다.

　소효령은 체내의 극빙지기를 제거하면 되지만, 이것은 체내의 상처, 즉 내상을 치료하는 일이다.

　'공력으로 치료하는 것은 도움이 되지 않을 것이다.'

취의선당주가 공력으로 치료하는 것을 봐왔기 때문에 자신이 똑같은 방법으로 치료를 하면 같은 결과일 것이라는 생각이다.

'혹시 극빙지기나 극양지기라면?'

그의 체내에는 만년혈천수의 극양지기와 만년옥정유의 극빙지기가 동시에 내재되어 있다.

극빙지기는 옥수를 통해서 여러 차례 사용해 봤다. 그러나 그것은 몸을 얼음으로 만들어 버리기 때문에 우림을 치료하는 데에는 효과가 없을 것 같다는 생각이 들었다.

극양지기를 밖으로 끌어내거나 그것으로 다른 사람을 치료해 본 적은 한 번도 없다.

아니, 체내 어디에 극양지기가 있는지조차도 모르고 있는 형편이다.

설사 그것을 끌어내서 치료에 사용한다고 해도 극빙지기가 몸을 얼음으로 만들 듯 극양지기는 우림의 몸을 태워 버릴 것이 뻔하다.

'어쩐다……'

생각을 거듭할수록 우림을 살릴 수 있는 방법이 떠오르는 것이 아니라 자꾸 절망만 깊어지고 있었다.

눈앞만이 아니라 머릿속마저 캄캄해져서 아무 생각도 나지 않았다.

그러다가 끝내는 이대로 우림을 죽게 내버려 둘 수 없다는 간절함만 남게 되었다.

기개세는 도저히 살아 있는 사람의 얼굴이라고는 볼 수 없는 우림의 창백하다 못해서 푸르스름한 얼굴을 안타깝게 쳐다보았다.

그녀의 얼굴과 몸에, 그리고 몸속에 벌써 죽음의 그림자가 짙게 드리워져 있는 것 같아서 그의 마음은 초조함이 극에 달했다.

눈도 뜨지 못하고 말조차 할 수 없는 우림이지만, 제발 살려달라고, 죽게 내버려 두지 말라고 처절하게 울부짖는 절규가 기개세의 귀에는, 아니, 머릿속에는 너무도 또렷하게 들리고 있었다.

그녀가 간신히 붙잡고 있는 이승과 연결된 가느다란 줄의 끝을 잡고 있는 사람은 취의선당주였다. 그런 취의선당주가 이제 포기 단계에 이르렀다.

끈을 놓치고 있는 것이다. 잡으려고 하지만 끈은 자꾸 손에서 빠져나가고 있다.

그렇지만 기개세는 포기할 수가 없었다. 이대로 우림을 보낼 수는 없는 것이다.

그때 문득 떠오르는 생각이 있었다.

'만약 극빙지기와 극양지기를 하나로 섞을 수 있다면……'

만년혈천수와 만년옥정유는 우주와 천지를 이루는 근간,

즉 음양의 원천이므로 그것으로 치료를 하면 우림을 살릴 수도 있을 것이라는 생각이 들었다.

그렇지만 문제가 있다. 극빙지기와 극양지기를 어떻게 하나로 섞느냐는 것이다. 더구나 극양지기는 어디에 있는지도 모르는 상황이다.

생각이 거기에 이르자 기개세의 얼굴이 착잡하게 변했다. 다시 원점으로 돌아간 상황이다.

그는 이끌리듯 우림의 얼굴을 쳐다보았다.

"주군."

우림의 목소리가 들렸다. 푸르스름하게 창백한 밀랍 같은 얼굴이고, 눈을 꼭 감았으며 하얀 입술은 꼭 다물고 있는데, 그녀의 목소리가 기개세의 귓전을 울렸다.

"죽고 싶지 않아요."

두 번째 우림의 목소리는 기개세의 심장에 꽂혔다.

그는 일그러진 얼굴로 어금니를 악물고 중얼거렸다.

"나도 절대 널 보내지 않겠다."


취의선당주가 잠에서 깨어났을 때 기개세는 실내 한쪽 벽을 등지고 가부좌로 앉아서 운공조식을 하고 있었다.

그리고 취의선당주가 우림의 치료를 시작한 지 두 시진이 지날 때까지도 기개세는 그 자세 그대로 운공조식을 계속하고 있었다.

소랑은 배가 살살 아팠으나 기개세가 아닌 사람이 용변을
보게 해주는 것은 생각조차 할 수가 없어서 좀 더 참아보기로
했다.


'찾았다!'
어느 순간 기개세는 내심 기쁨의 외침을 터뜨렸다.
운공조식을 시작한 지 무려 네 시진 만에 가까스로 극양지
기를 찾아낸 것이다.
그는 네 시진 동안 단전의 공력 속에서, 그리고 전신의 수
십 개 주요 혈맥에서 극양지기를 찾아내려고 애를 썼으나 실
패하고 말았다.
기진맥진한 상황에서 운공조식을 끝내고 그만 포기하려고
할 때 묘한 것을 감지했다.
몸이 매우 뜨거워져 있는 것을 느낀 것이다. 그것은 예전에
도 운공조식을 오래 할 때마다 느꼈던 현상이다.
예전에는 운공조식을 오랫동안 해서 그런가 보다 하고 대
수롭지 않게 지나갔으나, 지금은 때가 때이니만큼 무심하게
그냥 지나칠 수가 없었다.
그래서 왜 그런 현상이 일어나는지 곰곰이 궁리를 했고, 결
국 하나의 가능성을 찾아냈다.
몸이 뜨거워지는 것은 피가 뜨거워졌기 때문이다. 양은 덥
고 음은 차다. 그렇다면 핏속에 양기가 함유되어 있어서 그런

것인지도 모른다.

생각이 거기에 미치자 그는 즉시 운공조식을 다시 시작했고, 이번에는 혈액, 즉 핏속에 극양지기가 있는 것인지 확인에 들어갔다.

그렇게 운공조식에 돌입한 지 이각쯤 흘렀을 때, 그는 마침내 핏속에서 극양지기를 찾아냈고, 또 실낱같은 극양지기의 끄트머리를 잡을 수 있었다.

그것은 마치 드넓은 호수에서 지푸라기 한 올을 찾아내는 것만큼 어려운 일이었다.

만약 극양지기가 방출하고 있는 뭐라고 표현하기 어려운 기묘한 느낌, 기개세 자신만이 느낄 수 있는 그것이 없었더라면 절대로 찾아내지 못했을 것이다.

'끌어내 보자.'

극양지기를 찾아낸 것은 먼 천릿길의 첫걸음을 떼어놓은 것이나 다름이 없다.

다음 단계는 온몸에 퍼져 있는 혈액 속에서 극양지기를 끌어내 어딘가에 모아두는 것이다.

그러고는 이번에는 극빙지기를 모아서 극양지기 쪽으로 이끌어 혼합시켜야 한다.

지금으로선 거기까지만 생각했다. 어떻게 섞어야 할지 방법은 아직 세워두지 않았다.

극양지기가 어디에 숨어 있는지도 몰랐는데 어떻게 섞는

방법까지 생각할 수 있겠는가.

기개세의 머리와 얼굴에서 닭똥 같은 땀방울이 쏟아지듯 이 흘러내렸다.

극양지기가 더운 탓도 있지만 극도로 긴장하고 전력을 다하고 있기 때문이다.

'이거 안 되겠다.'

그런데 기개세는 속이 바짝 탔다. 극양지기의 끄트머리가 너무도 가늘고 연약해서 끌어내기가 여의치 않았다. 무리해서 잡아당기다가는 끊어지고 말 것 같았다.

그렇게 되면 그것을 찾기 위해서 다시 처음부터 생고생을 해야만 한다.

그는 운공조식을 하고 있는 중에 고민에 빠졌다. 아직 혈액 속의 극양지기 끄트머리는 잡고 있지만, 언제 놓칠지 알 수 없는 상황이다.

'빌어먹을! 이게 공력이라면 간단한 일인데……'

투덜거리던 중에 뭔가 번쩍 뇌리를 스치는 것이 있었다.

'공력이다!'

돌파구라는 생각이 들면 무조건 치고 나가고 보는 것이 그의 방식이다. 제일감이 언제나 옳다고 믿기 때문이다.

그는 즉시 운공조식을 하면서 전신 기경팔맥으로 주천시키고 있던 단전의 공력을 극양지기의 끄트머리를 붙잡고 있는 곳으로 이끌었다.

그의 생각은 극양지기를 공력으로 옭아매서 붙잡아 끌어 내자는 것이었다.

공력을 한꺼번에 끌어오면 극양지기를 놓칠 수도 있고, 두 개의 이질적인 기운이 부딪치면 뭔가 예기치 않은 일이 벌어질 수도 있으므로 극도로 조심에 조심을 기해 공력을 극양지기의 끄트머리로 접근시켰다.

'조금만 더……'

그의 길지 않은 생애에서 이처럼 간절하고 절박하게 무언가를 갈구했던 적은 없었다.

'됐다!'

드디어 공력의 한 갈래가 극양지기의 끄트머리와 닿았다.

그의 공력과 극양지기가 조우하는 것은 이번이 처음이다.

원래 운공조식을 하면 공력이 혈도를 중심으로 몸 전체를 돌기 때문에 핏줄 속에 있는 극양지기와 마주칠 일이 없는 것이다.

'뭔가 이상하다.'

그런데 한 갈래 공력과 극양지기의 끄트머리가 서로 닿는 순간, 기개세는 이상한 느낌을 받았다.

그것은 마치 기름이 가득 채워져 있는 유등의 심지에 불이 붙는 것 같기도 하고, 차가운 얼음물 속에 있다가 나와서 뜨거운 차 한 모금을 마신 것 같기도 한 느낌이었다.

'뭐, 뭐야?

그런데 다음 순간, 공력이 핏줄 속으로 곤두박질치듯이 쏟아져 들어갔다.

콰아아!

어떻게 해볼 여유도 없다. 극양지기가 공력을 엄청난 힘으로 끌어당기는 느낌이다.

아니, 공력이라는 기름에 극양지기라는 불길이 한꺼번에 불이 붙는 듯한 굉장한 기세이며 느낌이었다.

덜덜덜덜.

가부좌를 하고 있는 기개세의 몸이 마구 떨리기 시작했다.

'어… 어떻게 하지?'

그는 무언가 잘못되고 있음을 아련하게 느끼면서도 어떻게 손을 써야 할지 몰랐다.

그사이에도 핏줄 속으로 공력이 파도처럼 쏟아져 들어가고 있었다.

쿠우우!

그것은 너무도 창졸간에 벌어진 일이었다. 눈 한 번 깜빡이기도 전에, 그리고 어떻게 손을 써볼 사이도 없이 기개세의 칠십 년 공력은 모조리 핏줄 속으로 빨려들어 가 극양지기와 뒤섞였다.

그러고는 그것들이 핏줄을 따라서 전신을 도도히 주천하기 시작했다.

핏줄은 전신 구석구석까지 실핏줄로 뻗어 있다. 그러므로

극양지기와 공력이 체내에서 가지 못할 곳이 없다. 이것 역시
생애 처음으로 겪어보는 일이었다.

'으으으……'

그런데 너무 뜨거웠다. 온몸이 이대로 타버려서 재만 남아
버릴 것만 같았다.

뭔가 잘못돼도 크게 잘못된 것 같았다. 우림을 살리려다가
자신이 먼저 죽는 것이 아닌가 하는 생각이 들었다. 그렇지만
후회 같은 것은 생기지 않았다.

아니, 마구 후회가 들었다. 우림 때문에 죽게 되는 것에 대
한 후회가 아니라, 그녀를 살리지 못하고 죽는 것이 후회스러
웠다.

"오빠!"

그때 찢어지는 듯한 소랑의 비명 소리가 들렸다.

"주, 주군!"

뒤이어 취의선당주의 다급한 외침도 들렸다.

침상에 누워 있던 소랑은 무심코 눈동자를 굴려서 기개세
를 보다가 혼비백산하고 말았다.

화르르!

기개세의 온몸이 거센 불길에 휩싸여 있는 것을 발견했던
것이다.

아니, 그의 몸 전체가 한 덩이의 새빨갛게 달궈진 쇳덩이처
럼 불타고 있었다.

“오빠!”

“주군!”

소랑은 움직이면 안 된다는 사실도 잊은 채 침상에서 그대로 몸을 날려 기개세에게 쏘아갔고, 취의선당주도 구르듯이 달려갔다.

움직이는 순간 소랑의 상처가 마구 찢어지고 터져서 피가 솟구쳤으나 그녀는 그런 사실을 추호도 느끼지 못했다.

“불을 꺼야겠어요!”

기개세 옆에 내려섰던 소랑은 다시 침상으로 달려가 이불을 가져왔고, 취의선당주는 방 한쪽에 놓여 있는 물동이를 들고 왔다.

그때 방문이 급히 열리며 비명 소리에 놀란 나운상과 우지화, 담신기가 뛰어들어 왔다.

나운상과 담신기는 줄곧 방문 밖을 지키고 있었고, 우지화는 틈만 나면 찾아와서 기웃거렸는데, 지금 마침 밖에 있다가 달려들어 온 것이다.

실내로 들어선 세 사람은 불길에 휩싸인, 아니, 불에 타고 있는 기개세를 보고 대경실색하여 소리쳤다.

“주군!”

그때 취의선당주가 물동이의 물을 막 기개세에게 뿌리려는 동작을 취하고 있고, 소랑은 그 즉시 이불을 뒤집어씌우려고 기다리고 있었다.

그것을 본 우지화는 다급히 외쳤다.

"멈춰라!"

취의선당주는 물을 뿌리려다 말고 당황한 얼굴로 우지화를 돌아보았다.

우지화는 빠르게 다가서며 손짓을 했다.

"주군을 주화입마에 들게 하려는 것이냐? 당장 물러나라!"

취의선당주는 크게 놀라 어쩔 줄을 몰라 했다.

"요, 용서하십시오."

우지화는 차갑게 굳은 얼굴로 손짓을 해서 소랑과 취의선당주를 멀찍이 물러나게 하고 자신도 대여섯 걸음 밖에 서서 기개세를 지켜보았다.

우지화는 기개세의 체내에 극양지기와 극빙지기가 함께 내재되어 있다는 사실을 알고 있었다.

그래서 지금 그의 몸이 불타고 있는 이유를 정확하게는 모르지만, 극양지기 때문일 것이라고 짐작한 것이다.

그런 상황에서 물을 끼얹고 이불을 뒤덮으며 난리를 피우면 십중팔구 주화입마에 빠지고 말 것이다.

나운상과 담신기는 기개세를 보고 소스라치게 놀랐으나 어떤 상황인지 모르기에 초조한 표정만 지을 뿐 나서지 못하고 있었다.

다만 우지화가 뭔가 알고 있는 듯하면서도 지켜보고 있기에 절박한 상황이 아닐 것이라고 막연히 생각할 뿐이다.

그때 소랑이 우지화에게 다급히 물었다.

"오빠가 어떻게 된 거예요?"

우지화는 소랑을 힐끗 쳐다보았다. 그녀는 소랑의 말은 들었으나 보는 것은 처음이다.

"주군께선 운공 중이신 것 같아요."

그러면서 침상에 누워 있는 우림을 보며 굳은 표정으로 말을 이었다.

"자세히는 모르지만, 뭔가 저 아이를 구할 수 있는 방법을 찾고 계신 것 같군요."

그녀의 시선을 따라서 모두들 우림을 쳐다보았다.

순간 담신기는 벌거벗은 우림을 발견하고 움찔 놀라 고개를 돌렸다가 얼른 밖으로 나가서 문을 닫았다.

일단 주군이 위험에 빠진 상태가 아니라는 것을 확인했기 때문에 안심하고 나간 것이다.

콰아아―!

그즈음 기개세를 집어삼킬 듯한 활활 타오르던 새빨간 불길은 사라진 상태였다.

그 대신 육안으로 잘 보이지 않는 하얀 불길이 그의 온몸에서 타올랐다.

불길은 붉은 것보다는 파란 불길이 더 뜨겁고, 그보다 더 강렬한 것이 눈에 잘 보이지 않는 하얀 불길이다.

화륵!

그때 우지화의 옷에 불이 확 붙었다.

그녀는 서둘지 않고 손으로 털어내듯이 불을 껐다.

기개세에게서 대여섯 걸음이나 떨어져 있는 그녀의 옷에 불이 붙을 정도면 기개세의 온몸을 뒤덮고 있는 불길이 얼마나 뜨겁겠는가.

초조하게 기개세를 지켜보고 있는 네 여자 중에서 그나마 우지화가 지금 벌어지고 있는 상황에 대해서 제일 잘 알고 있었다.

하지만 기실 그녀가 알고 있는 것은 기개세의 체내에 극양지기와 극빙지기가 내재되어 있다는 사실뿐이었다.

기개세가 운공조식을 하여 극양지기로 무엇인가를 하려는 것 같기는 한데, 도대체 그것이 무엇인지는 짐작조차 할 수가 없다.

'이러다가 타 죽겠다. 어서 극빙지기를…….'

한편 너무 뜨거워서 정신이 하나도 없던 기개세는 뒤늦게 극빙지기를 떠올렸다.

불의 상극은 얼음인데 어째서 이제야 그것을 생각해 냈는지 자신이 원망스러웠다.

극빙지기를 일으키는 것은 어렵지 않다. 언제든지 오른손을 옥수로 만들어서 발출하고 거두었는데, 체내에서 주천시키는 것쯤이야 간단하다.

그때 기개세는 멈칫했다.

'혹시 극양지기와 극빙지기가 부딪쳐서 뭔가 큰일이 벌어지는 것 아닌가?'

그러나 걱정은 길지 않았다. 어차피 한 몸 안에 극양지기와 극빙지기가 함께 내재되어 있으면 언젠가 한 번은 부딪쳐야 할 일이다.

설마 사부가 제자를 죽이려고 만년혈천수와 만년옥정유를 함께 복용하도록 안배를 해놨겠는가.

설혹 뭐가 잘못돼서 자신이 죽는 것은 조금도 두렵지 않다. 그보다는 극양지기와 극빙지기가 잘 섞여서 초유의 어떤 기운을 형성하여 그것으로 우림을 살릴 수만 있기를 간절하게 바랄 뿐이다.

'부딪친다!'

그렇게 자위하면서도 끌어낸 극빙지기가 공력과 뒤섞여 있는 극양지기를 향해 해일처럼 밀려가자 자신도 모르게 극도로 긴장했다.

그러나 이제는 돌이킬 수 없다. 이발지시(已發之矢). 화살은 시위를 떠났다.

드디어 극양지기와 극음지기가 부딪쳤다. 하지만 우려했던 변괴 같은 것은 벌어지지 않았다.

온몸을 재로 태워 버릴 듯하던 열기가 순식간에 사라져 버린 것 말고는 다른 변화는 일어나지 않았다. 그러나 그것만으로도 기개세는 지옥에서 살아 돌아온 기분이었다.

마치 불을 뿜어내던 용암이 한순간에 잠잠해진 것 같은 고요가 흘렀다.

그저 공력과 극양지기, 극빙지기가 하나의 물결이 되어 잔잔하게 전신을 주천하고 있었다.

이제는 어느 것이 공력이고 극양지기이며 극빙지기인지 기개세도 구별할 수 없는 상태가 되었다.

뜨거운 물과 찬물이 섞이고, 그것에 물감이 더해진 듯한 느낌이었다.

후우우…….

그때 전신을 삼 주천(三周天)하고 난 기운이 갑자기 여태까지의 혈맥에서 벗어나 전혀 새로운 길로 접어들었다.

그런가 싶더니 등 한복판 명문혈(命門穴)에서 갑자기 둘로 나누어져 한 줄기는 위로 솟구치고, 또 한 줄기는 급전직하, 아래를 향해 수직으로 내리꽂히기 시작했다.

'이것은?'

두 줄기 기운이 향하고 있는 곳은 정수리의 백회혈(百會穴)과 사타구니의 회음혈(會陰穴)이다.

회음혈에서 단전, 즉 기해혈(氣海穴)까지 다섯 개 혈도와 백회혈에서 목 정중앙 아래쪽의 천돌혈(天突穴)까지 일곱 개 혈도는 언제나 막혀 있다.

그래서 운공조식을 할 때 공력은 회음혈에서 시작하는 임맥(任脈)과 백회혈에서 시작하는 독맥(督脈)이 서로 소통하지 못하기 때문에 각기 따로 주천을 했었다.

말하자면, 운공조식을 할 때마다 공력이 임맥의 끝인 회음 혈에서 되돌아오고 독맥의 끝인 백회혈에서 더 이상 가지 못하고 왔던 혈맥으로 회전하는 것이다.

그것은 기개세만이 그런 것이 아니라 사람이라면 누구나 임독양맥의 끝인 회음혈과 백회혈이 막혀 있다.

그 두 군데 혈도에서 얼마나 많은 혈도가 막혀 있느냐의 차이가 다를 뿐이다.

그 막혀 있는 혈도들을 뚫는 것. 그것이 바로 모든 무림인들이 꿈속에서라도 이루기를 갈망하는 임독양맥의 소통인 것이다. 그러나 그것은 말 그대로 단지 무림인들의 영원한 꿈일 뿐이다.

만약 하늘이 도와서 막혀 있는 혈도들이 뚫리게 되어 공력들이 임맥과 독맥을 자유롭게 오갈 수 있다면 실로 엄청난 변화가 일어난다.

임독양맥이 막혀 있음으로 인해서 절반의 기능만 발휘할 수밖에 없었던 공력이 본래의 진가를 발휘하게 되는 것이다.

가장 큰 변화가 졸지에 공력이 두 배 가까이, 혹은 그 이상으로 증진된다는 사실이다.

또한 공력을 사용하면 회복되는 속도가 두 배 이상 빨라지며, 웬만해서는 쉽사리 공력이 고갈되지 않는다.

그뿐 아니라 예전에는 익히기 난해했거나 전개하기 어려

윘던 무공을 훨씬 쉽게 익히고 전개할 수 있게 되는 등 변화
는 셀 수도 없이 많다.

'이게 무슨 일이지?'

기개세는 내심 움찔 놀랐다. 운공조식을 할 때 공력이 백회
혈과 회음혈을 향해 돌진한 경우는 한 번도 없었다.

'안 된다! 멈춰야 한다!'

다급해진 기개세는 급히 공력을 멈추려고 시도했다. 하지
만 시위를 떠난 화살을 무슨 수로 막을 수 있겠는가.

그야말로 속수무책으로 무슨 일이 벌어질는지 지켜보는
수밖에 없는 상황이 돼버렸다.

'제기랄! 군아도 못 보고 죽는 거 아냐?'

다급해지면 튀어나오는 욕설이다.

쿠쿵!

그 순간 정수리와 사타구니에서 쇠망치로 바위를 힘껏 내
리치는 듯한 음향이 강하게 터졌다.

퍼퍼퍼퍽!

이어서 가죽으로 만든 북을 세차게 두드리는 듯한 음향이
연이어서 터져 나왔다.

'이… 게 뭐야?'

회음혈에 이어 다섯 개의 막힌 혈도와 백회혈을 비롯한 일
곱 개의 막혔던 혈도가 한꺼번에 뚫어지면서 마치 수백 장 높
이에서 거대한 폭포가 힘차게 낙하하듯 공력이, 아니, 세 가

지 기운이 한데 뒤섞여 임맥과 독맥을 거침없이 질주하기 시
작했다.

그러나 기개세는 도합 열두 개의 혈도가 한꺼번에 뚫리는
과정에서 발생한 엄청난 충격을 견디지 못하고 정신이 아득
해지고 있었다.

'이런… 염병할 일이…… . 죽는 건가, 이제?

쿵!

마지막 순간까지도 욕설을 중얼거리면서 그는 스르르 뒤
로 쓰러져 버렸다.

# 第七十七章

신인(神人)이 되다

“아악! 오빠!”

“꺄악! 주군!”

“어멋! 주군!”

기개세가 뒤로 쓰러지는 것을 보고 소랑과 나운상, 우지화
가 동시에 찢어지는 듯한 비명을 내질렀다.

세 여자가 지른 비명의 공통점은, 그저 남자를 걱정하는 평
범한 여자의 그것이라는 것이다.

방금 전까지 기개세의 몸은 당장 재가 될 것처럼 활활 타오
르고 있었다.

그런데 한순간 불길이 뚝 멈추고 용광로 속의 쇳덩이처럼

붉게 달아올랐던 그의 몸이 눈 한 번 깜빡하는 사이에 정상으로 되돌아왔다.

지켜보던 네 여자는 그 모습을 보고 기쁜 탄성을 터뜨렸다.

그러나 그것도 잠시, 느닷없이 기개세의 몸에서 폭죽 터지는 소리가 마구 나더니 뒤로 벌렁 자빠져 버린 것이다.

사지를 늘어뜨린 채 쓰러져 있는 기개세는 실오라기 한 올 걸치지 않은 알몸이다.

조금 전 불길에 옷이 모조리 타버린 것이다. 하지만 희한하게도 몸엔 아무런 이상이 없다. 머리카락이나 털조차도 일체 타지 않았다.

그저 눈을 질끈 감은 채 죽은 듯이 누워 있을 뿐이다.

"오빠!"

"주군!"

대경실색한 소랑과 나운상이 엎어질 듯이 기개세에게 달려들었다.

"안 돼!"

순간 우지화가 뾰족하게 외치며 두 여자를 붙잡았다. 얼마나 다급한지 왼손으로는 나운상의 뒷덜미를, 오른손으로는 소랑의 머리카락을 낚아챘다.

소랑은 벌거벗은 몸이라서 잡을 곳이 없었기에 손에 잡히는 대로 아무 것이나 잡아당긴 것이다.

조금 전에는 우지화도 다른 여자들처럼 똑같이 놀라서 기

개세에게 달려들려 했으나, 잠깐 멈칫하는 사이에 어떤 사실
이 그녀의 뇌리를 섬전같이 스치고 지나갔다.

방금 전에 기개세의 몸속에서 터져 나온 여러 차례의 둔탁
한 음향 때문이다.

기억을 더듬어본 우지화는 최초의 음향이 기개세의 정수
리와 사타구니에서 났다는 것을 기억해 냈다.

'생사현관!'

그럴 가능성은 희박하지만, 만에 하나 정말 그게 맞는다면
기개세는 지금 매우 중요한 상황에 놓여 있었다.

"물러나."

우지화는 말과 함께 나운상과 소랑을 끌고 뒤로 세 걸음을
물러났다.

"태저, 왜 그러는 거죠?"

나운상이 놀라는 얼굴로 우지화를 보면서 묻자 그녀는 대
답 대신 놀라는 얼굴로 기개세를 쳐다보았다.

우지화의 표정이 갑자기 변하자 나운상과 소랑은 기개세
를 쳐다보다가 눈을 커다랗게 뜨고 경악했다.

우드득! 투둑! 우지직!

기개세의 온몸에서 괴이한 소리가 마구 터져 나오고 있었
기 때문이다.

뼈가 부러지고, 살을 찢고, 근육이 뒤틀리는 소리다.

그를 쳐다보는 네 여자의 눈이 더 이상 커질 수 없을 만큼

커졌고, 얼굴 가득 대경실색하는 표정이 떠올랐으며 입이 딱 벌어졌다.

그러나 그것은 시작에 불과했다. 그때부터 더 놀라운 일이 벌어졌고, 네 여자는 자신들의 눈앞에서 벌어지고 있는 광경을 눈으로 보고 있으면서도 믿지 못했다.

꽈드드득! 우지직! 뼈거걱!

네 여자가 평생 단 한 번도 들어본 적이 없는 괴이한 음향이 계속 터지면서 기개세의 몸이 변화를 일으키고 있었다.

머리통이 두 배 이상 커지고, 가슴과 배, 등, 옆구리가 커다란 거품처럼 불룩불룩 솟구쳤으며, 한쪽 팔이 길어지는가 하면 다른 팔은 절반으로 짧아지고, 다리가 꺾였다가 뒤틀리면서 몸이 펄쩍펄쩍 바닥에서 연이어 튀어 올랐다.

"이, 이게 어떻게 된 거예요? 오빠가 죽어가고 있는 건가요?"

"태저! 어떻게 좀 해보세요! 주군에게 무슨 귀신이 씌인 건가요?"

소랑과 나운상은 기개세가 당장 죽기라도 할 것처럼 소나기처럼 눈물을 흘리며 아우성쳤다.

그녀들은 이런 광경을 난생처음 보았다. 아니, 들어본 적조차도 없었다.

도대체 어떻게 사람이 이처럼 말도 안 되는 괴상한 모습으로 변하고, 뼈가 없는 연체동물처럼 흐느적거릴 수가 있단 말인가.

두 소녀와는 달리 우지화의 얼굴은 경악에서 서서히 기쁨
으로 변해가고 있었다.

"취의선당주, 네가 보기에는 어떠냐?"

그녀의 물음에 취의선당주는 대답을 하지 못했다. 경악하
는 얼굴로 기개세를 보고 있느라 정신이 팔려서 듣지 못한 것
이다.

"취의선당주!"

우지화가 언성을 높여서 다시 부르자 그제야 취의선당주
는 움찔 놀라서 몸을 떨었다.

그러나 그녀의 만면에 떠올라 있는 경이로운 표정은 사라
지지 않았다.

"환골탈태(換骨奪胎)가 맞느냐?"

아우성을 치던 소랑과 나운상은 우지화의 말에 움찔 놀라
그녀를 쳐다보았다.

취의선당주는 마치 귀신을 보는 듯한 얼굴로 기개세에게
서 시선을 떼지 못한 채 고개를 끄덕였다.

"마, 맞습니다. 주군께서 환골탈태를 이루고 계시는 것이
틀림없습니다. 아아!"

"조금 전의 그 소리는 혹시 주군께서 생사현관을 소통하신
것이냐?"

"그… 렇습니다. 백회혈의 일곱 개… 회음혈의 다섯 개 혈

도가 뚫리는 소리였습니다. 그래서 주군께선 생사현관이 소통되셨습니다."

취의선당주가 누구보다도 대경실색하는 이유는 조금 전에 기개세가 생사현관을 소통하는 것을 제일 먼저 확인했기 때문이다.

그녀는 의술이 의선의 경지에 오른 취의선당주다. 그러므로 기개세의 몸에서 도합 열두 번의 막힌 혈도가 뚫리는 소리를 듣고 생사현관이 소통되었다는 것과, 지금의 광경을 보고 환골탈태를 하고 있다는 사실을 모를 리가 없었다.

임독양맥을 소통하는 일이 얼마나 어려운 일인지는 그것을 '생사현관' 이라고 부르는 것만 봐도 잘 알 수 있다.

즉, 임독양맥의 소통을 시도하는 것은 생과 사를 가를 정도로 위험천만하고 혹독하다는 뜻이다.

우지화는 막연하게 '혹시 주군께서 생사현관을 소통하신 것이 아닌가?' 하던 것이 사실로 드러나자 기쁜 심정을 주체하기가 어려웠다.

그런데다가 기개세가 환골탈태까지 하고 있으니 금방이라도 가슴이 터져 버릴 것처럼 기쁨이 넘쳐 올랐다.

나운상과 소랑은 우지화와 취의선당주의 대화를 듣고는 자신들의 귀를 의심했다.

그녀들은 혹시 잘못 들은 것이 아닌가 하는 얼굴로 서로를 쳐다보고 나서도 반신반의하는 표정을 지었다.

네 여자가 경악과 기쁨에 휩싸인 얼굴로 지켜보고 있는 가운데 기개세의 몸은 또다시 새로운 변화를 일으켰다.

스스스…….

마치 뱀이 탈피(脫皮)를 하듯이 기개세의 몸이 껍질을 벗기 시작했다.

살 속에서부터 스멀스멀 투명한 액체가 샘물처럼 숫구쳐 올라 뱉어내듯이 몸에서 분리가 되고 있었다.

네 여자의 얼굴에서는 이제 놀라는 표정이 사라졌다. 그 대신 경이로운 표정이 가득 떠올랐다.

그녀들은 생사현관을 소통하는 것은 물론이고, 환골탈태를 하는 광경을 생전 처음 보고 있는 것이다.

숨소리조차 멈춘 채 눈도 깜빡이지 않고 네 여자는 이 경이롭고도 신비한 광경에 넋을 빼앗겼다.

그러는 사이에 기개세는 도합 아홉 번의 탈피를 했다.

그런데 그게 끝이 아니었다. 그의 몸이 또다시 변화를 일으키기 시작했다.

스으으… 츠츠츠…….

마치 수천 마리 검은 지네가 한꺼번에 기어가는 듯한 음향이 흐르는 가운데, 그 수천 마리 가느다란 지네가 기개세의 전신에서 꾸물꾸물 기어나오는 듯한 광경이 펼쳐졌다.

그것을 본 취의선당주의 입에서 탄식 같은 중얼거림이 흘러나왔다.

"맙소사! 벌모세수(伐毛洗髓)까지……!"

그녀의 목소리가 다른 세 여자의 귀를 통해 뇌를 커다랗게 쿵쿵 울렸다.

사람이 환골탈태를 하면 말 그대로 뼈를 바꾸고 다시 새롭게 태어나는 것을 말한다.

그러나 무림인의 환골탈태는 인간의 몸을 버리고 신선의 선골옥체(仙骨玉體)를 갖는다는 뜻이다.

신선의 신체로 무공을 연마하고 또 전개하는 것이 인간의 그것과 어떻게 다른지는 구태여 설명할 필요가 없다.

굳이 논한다면, 생사현관의 소통 위의 단계가 환골탈태라고 할 수 있었다. 그리고 그 위의 단계가 벌모세수다.

환골탈태가 육신을 버리고 신선의 선골옥체로 재탄생하는 것이라면, 벌모세수는 인간의 오장육부와 두뇌를 버리고 신선의 성체신뇌(聖體神腦)로 거듭나는 것을 뜻함이다.

벌모세수를 불교적으로 말하자면 열반(涅槃), 혹은 적멸(寂滅)이라고 할 수 있다.

불교에서의 열반과 적멸은 더러운 육신을 버려야지만 이를 수 있다. 즉, 죽어야만 도달할 수 있는 경지다.

하지만 무림에서의 벌모세수는 육신이 살아 있는 상태에서 열반에 이르는 일이다.

열반은 또한 해탈(解脫)이며, 삼라만상의 모든 번뇌에서 벗어나는 동시에 그 모든 것들을 깨닫는 것을 말한다.

　무림사 이천오백여 년을 통틀어 생사현관을 소통한 인물
은 겨우 백여 명에 이른다고 하니, 그것이 얼마나 이루기 어
려운 일인지 짐작할 만하다.

　그러나 생사현관의 소통과 환골탈태를 함께 이룬 인물이
무림에 있었다는 기록은 어디에도 없다.

　하물며 생사현관의 소통과 환골탈태, 거기에 벌모세수까
지 이룬 사람이 어찌 존재했겠는가.

　아니, 어쩌면 과거에 그런 사람이 있었을지도 모른다. 하지
만 있었어도 세상에는 알려지지 않았다.

　왜냐하면 그런 경지에 이르렀으면 이미 신선일 테니 인세
에 있지 않고 우화등선(羽化登仙)을 했을 것이기 때문이다.

　스륵스륵.

　기개세의 온몸 모공에서 스미어 나오던 검고 끈적끈적한
액체는 점차 맑아지더니 마지막에는 옥처럼 투명한 액체로
변했다. 체내에 더 이상 더러운 것이 조금도 남아 있지 않다
는 뜻이다.

　그 과정에서 기개세의 머리카락과 몸의 털이 다 빠지고 새
로 나기를 아홉 차례 거듭하더니 마지막에는 옥처럼 투명한
머리카락과 털이 온몸을 덮었다.

　하지만 머리카락과 털은 조금씩 검게 물들면서 오래지 않
아서 윤기가 자르르 흐르는 먹처럼 검은색으로 변했다.

　어느덧 모든 것이 끝났다.

기개세는 방바닥에 편안한 자세로 누워 혼곤한 잠에 빠진 듯한 모습이다.

외형적으로 변한 그의 모습은 크게 두 가지다.

첫째, 키가 한 뼘 정도 더 커졌으며 골격이 예전보다 더욱 우람해지고 단단해졌다. 반면에 전체적으로는 호리호리하고 늘씬해졌다.

둘째, 피부에 잡티 한 점 없다. 예전에 숱한 싸움으로 생겼던 흉터와 본래 있었던 점들이 깡그리 사라지고, 대신 온몸에서 은은하게 투명한 광휘가 흘러나왔다.

그 외에도 작은 변화가 몇 가지 있었으나 눈에 금방 띄지는 않는다.

네 여자는 홀린 듯한 얼굴로 기개세를 바라보기만 할 뿐 아무도 입을 열거나 어떤 행동을 취하지 않았다.

경악을 거듭하면서 넋이 나가 있는 상태라 입이 떨어지지 않는 것이다.

소랑은 상처가 터져서 바닥에 뚝뚝 피를 흘리고 있으면서도 여전히 깨닫지 못하고 있다.

"휴우……."

그렇게 일각쯤 흘렀을 때 이윽고 취의선당주가 긴 한숨을 토해냈다.

네 여자 중에서 그나마 그녀가 기개세와 직접적인 인연이 없기 때문에 제일 먼저 정신을 수습한 것이다.

한숨 소리에 깜짝 놀란 나운상이 후다닥 기개세에게 다가가 그 곁에 무릎을 꿇고 앉았다.

그러자 소랑과 우지화도 가까이 다가가서 나운상의 좌우에 이끌리듯이 앉았다.

그녀들은 가까이에서 감탄을 거듭하며 기개세의 몸을 자세히 살펴보았다.

남녀를 불문하고 그녀들은 이렇게 아름다운 몸을 지닌 사람을 예전에는 한 번도 본 적이 없었다.

문득 나운상이 조심스럽게 손을 뻗어 손끝으로 기개세의 가슴 부위를 부드럽게 쓰다듬듯이 만져 보았다.

매끄럽고 따스했다.

그러자 왼쪽에 앉은 우지화는 기개세의 다리를, 소랑은 어깨와 얼굴을 쓰다듬었다.

그러는 세 여자의 얼굴에는 기쁨과 감동, 감탄의 표정이 복잡하게 떠올라 있었다.

기개세의 몸을 살피면서 배를 쓰다듬던 나운상의 시선이 그의 음경에 멈추더니 눈이 동그랗게 커졌다.

'맙소사!'

그녀의 손이 자신도 모르게 기개세의 음경을 붙잡았다.

"예전보다 두 배는 더 커진 것 같아."

그녀는 거대하다고밖에는 표현하기 어려운 음경을 만지작거리며 놀라움과 감탄을 터뜨렸다.

우지화가 힐끗 나운상을 쳐다보았다. 그녀의 표정은 '너, 주군 음경을 만져 본 적 있어?' 라고 묻고 있었다.

"아냐. 세 배는 더 커진 것 같아."

그때 소랑이 손을 뻗어 나운상과 함께 음경을 만지며 아는 체를 했다.

지고는 절대 못사는 우지화는 마른침을 꼴깍 삼키고 나서 손을 뻗어 음경을 덥석 잡았다.

그때쯤에는 원래 여자의 손길에 정직한 기개세의 음경이 기둥처럼 커다랗고 단단해져 있었다.

우지화는 눈을 게슴츠레 뜨고 중얼거렸다.

"그렇다면 원래는 내 팔뚝 정도 크기였겠구나?"


기개세는 그로부터 반 시진이 지나서야 깨어났다.

그의 몸에는 우지화가 수하에게 명령하여 가져온 새 옷이 입혀져 있었다.

그는 어떻게 된 영문인지 몰라서 멀뚱한 표정으로 네 여자를 둘러보았다.

그러자 나운상과 소랑, 거기에 흥분을 감추지 못한 취의선 당주까지 그동안 벌어졌던 일들을 목에 핏대를 세우고 설명하느라 한바탕 난리가 벌어졌다.

그러자 기개세는 빙그레 미소 지으며 우지화를 쳐다보았다.

“화야, 네가 설명해라.”

“네!”

기다렸다는 듯 참새처럼 냉큼 대답한 우지화는 손짓발짓을 섞어가면서 그동안 기개세에게 일어났던 일들을 자세히 설명해 주었다.

“내가… 생사현관 소통에 환골탈태, 게다가 벌모세수까지 이루었다는 거야?”

“네!”

이번에는 네 여자가 두 손을 가슴에 모으고 목을 빼면서 합창으로 대답했다.

“그런 일이 있었다니…….”

당연히 기개세는 크게 놀랐다. 그도 생사현관의 소통과 환골탈태, 벌모세수가 무엇인지 잘 알고 있다.

그런데 그것을 하나도 아니고 세 가지 모두 자신이 이루었다고 하니 쉽사리 믿어지지 않았다.

일단 그는 확인을 해보기로 했다. 하지만 그전에 온몸에서 피를 뚝뚝 흘리고 있는 소랑의 모습이 그의 눈에 띄었다.

“랑아, 어서 가서 누워라.”

소랑은 무슨 말을 하려는 듯 입을 삐죽거리다가 침상으로 걸어갔다.

“아…….”

그러다가 멈추고는 배를 만지면서 낮은 신음을 흘렸다. 아까부터 용변을 보고 싶었는데 기개세 때문에 놀라서 까맣게 잊고 있다가 긴장이 풀리니까 다시 신호가 온 것이다.

"배 아프니?"

기개세가 일어나면서 묻자 소랑은 나운상과 우지화의 눈 치를 살피면서 보일 듯 말 듯 고개를 끄덕였다.

"화야, 상아, 둘 다 나가라."

기개세의 축객에 우지화와 나운상은 머뭇거렸다. 이런 중 요한 시기에 소랑의 용변을 누이는 것 때문에 쫓겨난다는 것 이 마뜩찮았기 때문이다.

하지만 두 여자는 기개세의 말을 거역할 수 없어서 묵묵히 밖으로 나갔다.

기개세는 소랑을 마유에 앉혀 용변을 보게 한 후 우림을 살 펴보고 있는 취의선당주에게 물었다.

"경(瓊)아, 림아는 어떠냐?"

기개세는 수하를 처음 보면 우선 이름부터 물어보고, 그때 부터는 지위고하를 막론하고 이름을 부른다.

취의선당주 양보경(楊寶瓊)의 표정이 어두워졌다.

"지금 상태로는 오늘을 넘기지 못할 것 같습니다."

기개세의 얼굴이 굳어졌다. 조금 전에 자신이 생사현관의 소통과 환골탈태, 벌모세수를 이루었다고 들었으나 그다지 기쁜 마음이 들지 않았다.

만약 우림을 살릴 수 있는 능력이 생겼다는 사실을 알게 되면 그제야 비로소 크게 기쁠 것이다.

그는 양보경에게 소랑을 치료하라고 이르고는 실내의 한 쪽 구석으로 가서 가부좌를 틀고 앉았다.

"……!"

그런데 운공조식을 막 시작하려던 그는 갑자기 어리둥절해지고 말았다.

운공조식이 이미 진행 중이기 때문이다. 운공조식을 하려고 이제 막 자리를 잡고 앉았는데 어떻게 된 일인지 알 수가 없는 일이다.

하지만 그는 자신이 운공조식을 시작하지 않았다는 사실을 분명히 인지하고 있었다.

예전 같으면 이런 상황에서 자신이 어떻게 했었는지를 머리가 아프도록 곰곰이 되짚어서 생각했을 것이다.

하지만 지금 그는 예전하고는 비교할 수도 없을 만큼 사리판단이 매우 명확해졌다.

사실 그것은 벌모세수를 이룬 덕분이지만 그 자신은 아직 깨닫지 못하고 있었다.

또한 그것은 벌모세수로 인해서 얻게 된 많은 것들 중에 극히 작은 일부분일 뿐이다.

그의 머리가 빠르게 회전했다. 그가 생각을 해봐야겠다고 생각하는 순간에 이미 머리는 생각을 하기 시작했고, 한 호흡이 지나기도 전에 원하는 결론을 도출해 냈다.

‘의지(意志)다.’

그래 놓고는 제 스스로 움찔 놀라 어리둥절해졌다.

‘뭐… 가 의지라는 거야?’

그의 머릿속에서 두 개의 뇌가 각각 따로 생각하고 있었다. 하나의 뇌는 예전의 뇌로써 현재의 상황을 아직 인지하지 못한 상태다.

그리고 또 하나의 뇌는 벌모세수로 인해서 신격화(神格化)되었다.

그러나 신격화된 뇌가 그렇지 못한 예전의 뇌를 신격화시키는 데에는 그리 오랜 시간이 걸리지 않았다.

신격화된 뇌는 기개세가 지금까지 읽었던 모든 서책의 수만 가지 내용들을 밑바탕으로 새로운 여러 가지 가설(假設)들을 세우면서 예전의 뇌를 이해시켰다.

다시 열 호흡 정도의 시간이 흐르고 나서 기개세는 고개를 끄덕였다. 모두 이해한 것이다.

‘내가 운공조식을 하겠다고 마음먹었을 때 이미 몸이 운공조식을 시작한 것이다.’

불과 한 시진 전의 기개세는 스러져 가고 이제 새로운 기개세가 출현하고 있었다.

그는 운공조식을 그만둬야겠다고 생각했다.

그 순간 놀랍게도 운공조식이 정말로 멈췄다. 그것을 확인해 보기 위해서 운공조식을 해볼 필요도 없었다. 그냥 운공조식이 멈췄다는 사실을 알게 되었을 뿐이다.

'의지라는 말인가?'

의문을 품는 즉시 뇌가 해답을 내놨다.

'의기어신(意氣馭神)이로군.'

의지로써 기를 일으키고 정신으로써 사물을 조종한다는 무공, 아니, 무학 최고의 경지가 바로 의기어신이다.

얼마 전이었으면 그는 죽었다 깨어나도 지금의 상황을 의기어신이라고 결론 내리지 못했을 것이다.

그 해답 역시 그가 알고 있는 모든 지식이 밑바탕되어 수십, 수백 개의 복잡한 가설이 세워진 후 그 가운데에서 가장 적합한 것이 선택된 것이다.

'이것이 바로 벌모세수의 효과인가?'

더 이상 앉아 있을 필요를 느끼지 못한 그는 천천히 일어서서 허리를 곧게 폈다.

우림을 치료할 수 있을지 없을지에 대해서도 생각해 볼 필요가 없다.

지금의 능력으로는 당연히 그녀를 치료할 수 있을 것이라는 확신만이 있을 뿐이었다.

생사현관의 소통이나 환골탈태, 벌모세수를 이루었기 때문에 무슨 변화가 생겼는지 알아보는 것은 나중이라도 늦지 않은 일이다.

지금은 우림을 살리는 것이 급선무다.

그러나 그가 굳이 확인해 보지 않아도 느낄 수 있는 몇 가지가 있었다.

심신이 너무도 상쾌했다. 아니, 상쾌하다는 말로는 설명이 턱없이 부족하다.

머릿속은 모든 것이 명쾌했고, 몸은 존재하지만 없는 듯 가벼웠다.

그때 그는 가볍게 움찔 놀랐다. 자신은 단지 우림에게 가야겠다고 생각만 했을 뿐인데, 몸은 어느새 우림 옆에 단정하게 책상다리를 하고 앉아 있는 것이다.

그러나 그는 더 이상 놀라지 않았다. 놀랄 수가 없다. 자신의 변화와 새로운 능력에 대해서 이미 뇌가 다 인지했기 때문이다. 단지 남은 것은 시험을 해보는 것뿐이다.

"경아, 가서 편히 한숨 자라."

"앗!"

기개세가 자신의 맞은편 우림 옆에 있는 줄 모른 채 비지땀을 뻘뻘 흘리며 우림의 가슴을 주무르면서 진기를 주입하고 있던 양보경은 놀라서 뾰족한 비명을 지르며 뒤로 엉덩방아를 찧었다.

"림아는 내게 맡기고 너는 그만 쉬어라."

우지화는 놀란 가슴을 진정시키면서 기개세를 바라보다가 공손히 예를 갖추고는 실내의 구석으로 걸어갔다.

그녀는 기개세가 생사현관을 소통하고 환골탈태와 벌모세

수를 했다는 사실을 잠시 망각했다.

그저 우림을 구하지 못한다는 절망감 때문에 가슴이 답답하여 아무 생각도 들지 않았을 뿐이다.

기개세는 아까보다 더 창백한 안색이 된 우림을 잠시 굽어보다가 그녀의 가슴으로 오른손을 뻗었다.

슥―

공력을 끌어올리기 위해서 운공조식을 할 필요도 없다. 손을 뻗으면 자연히 공력이 모일 것이다.

한 번도 해본 적이 없지만 당연히 그렇게 될 것이라는 믿음이 있었다.

그의 커다란 손바닥이 활짝 펼쳐져서 우림의 두 개의 젖가슴 사이 오목한 곳을 덮었다.

하지만 그의 손이 너무 커서 두 개의 젖가슴을 절반씩 덮어버렸다.

그는 개의치 않고 천천히 우림의 앙가슴을 지그시 누르듯이 주무르기 시작했다.

그러는 사이에 그의 장심에서 부드러운 진기가 우림의 가슴속으로 스며들었다.

지금의 그는 삼라만상의 이치와 대자연 속에 있는 모든 사물의 섭리를 환하게 깨우친 상태다.

의술이라는 것은 인간이 만들어낸 치료법이다. 그 말은 결국 의술은 삼라만상과 대자연에 속한 작고 가느다란 나뭇가지 같은 것이라는 뜻이다.

환골탈태와 벌모세수로 성체신뇌의 경지에 오른 그는 이미 의술의 원류(原流)를 두루 섭렵한 상태다.

그러므로 현재 우림의 상태를 빠삭하게 꿰고 있는 것은 물론이고, 어떻게 치료를 해야 하는지도 훤히 알고 있었다.

그의 장심을 통해서 우림의 가슴으로 주입되는 것은 극양지기와 극빙지기, 그리고 공력이 조화를 이룬, 그래서 우림의 치료에 가장 이상적인 기운이다.

스스스…….

우림의 몸속에서 변화가 일어나면서 미약한 음향이 새어나오고 있다.

기개세는 지그시 눈을 감은 채 우림의 가슴을 고루 쓰다듬고 주물렀다.

소랑은 고개를 돌려 기개세를 바라보았으나, 그가 등을 보이고 앉아 있기 때문에 무엇을 하고 있는지 보이지 않았다.

일어나거나 몸을 움직여서 보고 싶지만 그러면 또 상처가 터질 것이고, 기개세에게 혼이 날 것 같아서 그만두었다.

기개세는 서두르지 않고 천천히 치료를 계속했다. 조바심 같은 것은 생기지 않았다. 우림을 반드시 살린다는 확신이 있기 때문이다.

그리고 그는 우림의 구멍 뚫린 폐가 조금씩 접합이 되면서 원상태를 회복하고 있는 것을 손바닥을 통해서 생생하게 느끼고 있었다.

아니, 폐뿐만이 아니라 위에 뚫린 구멍과 부러진 갈비뼈도 함께 치료가 되고 있었다.


치료가 시작된 지 한 시진쯤 흘렀을 때 우림은 오랜 혼절에서 깨어났다.

'아…….'

몹시 깊은 잠에 빠져서 아주 오랫동안 깊이 잔 것 같은 기분이 들었다.

그런데 그녀가 깨어나서 제일 먼저 느낀 것은 누군가 자신의 젖가슴을 주무르고 있다는 사실이었다.

'도대체 누가 이런 짓을…….'

우림은 속에서 천불이 치밀어 벌떡 일어나고 싶었으나 어쩐 일인지 몸이 말을 듣지 않았다.

그사이에도 누군가의 손은 그녀의 젖가슴을 떡 반죽하듯이 주물러 대고 있었다.

그녀는 온 힘을 쏟아 눈을 뜨기 시작했다. 그 작은 행동을 하는 데에도 사력을 다해야만 했다.

'도대체 내가 어떻게 됐기에…….'

어째서 자신이 눈조차도 제대로 뜨지 못하는 것인지 모를 일이었다.

그리고 천신만고 끝에 눈이 떠졌다.

“⋯⋯!”

순간 그녀가 발견한 것은 지그시 눈을 감고 있는 기개세의 너무도 잘생긴 얼굴이었다.

‘주군께서⋯⋯.’

그녀의 눈동자가 사르르 아래로 굴렀다. 기개세의 커다란 오른손이 자신의 뽀얗고 풍만한 젖가슴을 마음껏 주무르고 있는 것이 보였다.

‘어떡해. 난 몰라.’

부끄러움이 확 몰려들었다.

방금 전까지만 해도 자신의 젖가슴을 만지는 자를 갈아 먹어도 시원치 않았는데, 그 파렴치한이 기개세라는 사실을 알게 되는 순간 살심은 씻은 듯이 사라지고 대신 부끄러움이 온몸으로 번졌다.

“오빠, 우림 언니는 낫게 될까요?”

그때 기개세의 등 뒤에서 속삭이는 듯한 낮은 소녀의 목소리가 들려왔다.

순간 우림은 급히 눈을 감았다. 그리고 기개세의 낮은 목소리가 들려왔다.

“곧 나을 것이다. 림아가 낫게 되면 친하게 지내라.”

“같은 병상에서 열흘 이상이나 함께 나란히 누워 있던 동지인데 당연히 그래야지요.”

“랑이는 착하구나.”

두 사람의 대화를 듣고 우림의 머릿속에서 샘물처럼 솟구치는 기억들이 있었다.

자신이 정린장에서 기개세를 구하려고 몸을 날렸다가 가슴을 관통당하고 그의 품 안에서 의식을 잃어가던 마지막 순간이 오롯이 떠올랐다.

'그렇다면 지금 주군께선 나를 치료하고 계신 것인가?'

그제야 우림은 기개세가 자신의 젖가슴을 만지고 있는 것이 치료를 하기 위해서라는 사실을 깨달았다.

그때 기개세의 등 뒤에서 예의 소녀의 목소리가 다시 들려왔다.

"오빠, 우림 언니 응가 했나 봐요. 구린내가 나요."

'으… 응가?'

우림은 멍한 기분이 되었다. 응가를 했다니, 그것은 아기들이 똥을 쌌을 때 하는 말이 아닌가?

"이런, 치료를 하느라 못 봤구나."

우림의 사타구니 밑에 오물이 홍건한 것을 뒤늦게 발견한 기개세는 그녀의 가슴에서 손을 떼며 중얼거렸다.

우림은 정신이 하나도 없는 상태였다. 자신이 똥을 싸다니, 대체 어찌 된 일이라는 말인가?

'허억!'

그때 그녀의 두 다리가 번쩍 쳐들렸다. 기개세가 왼손으로 그녀의 두 발목을 모아서 쥐고는 하늘로 쳐든 것이다.

그러므로 하얗고 풍만한 궁둥이가 까발려지는 것은 당연
한 일이었다.

'뭐, 뭐야, 이거?'

혼비백산하고 있는 그녀의 항문과 옥문을 기개세가 물로
깨끗이 씻고 부드러운 천으로 닦아주었다.

그 손길이 얼마나 정성스러운지 우림은 보지 않아도 느낌
으로 알 수 있었다.

가슴 저 밑바닥에서부터, 아니, 그보다 아래쪽인 항문과 옥
문에서부터 벅찬 감격이 치밀어 올랐다.

'주군……'

우림의 눈에서 소리없이 눈물이 흘러내렸다.


『대사부』 제8권에 계속…

# 저작권 보호!!
## 장르문학의 성장에 힘이 되어주십시오.

### 저작물의 무단 전재와 복제, 불법 다운로드!
### 이것은 관심이 아니라 무관심입니다!

작가님들은 창의적 열정과 시간을 투자해 자신의 꿈과 생계를 유지합니다.
한 권의 책을 만들어 많은 사람들은 자신의 인생과 미래를 설계합니다.

### 저작물 속에는 여러 사람의 노력과 희망이 담겨 있습니다!

저작물의 무단 전재와 복제, 불법 다운로드는 여러 사람들의 꿈과 생계를
위협함으로써 장르문학을 심각한 상황에 빠뜨리고 있습니다.

### 이제는 무관심이 아니라 관심으로 장르문학의
### 성장에 힘이 되어주세요.

[도서출판 **청어람**은 항시적인 저작권 보호를 통해 장르문학과
여러분의 희망을 지키겠습니다.]

저작물의 무단 전재와 복제, 불법 다운로드는 법률에 의해 처벌받을 수 있습니다.
저작권법 제97조의5 (권리의 침해죄)
저작재산권 그 밖의 이 법에 의하여 보호되는 재산적 권리(제73조의 4의 규정에 의한 권리를
제외한다)를 복제·공연·방송·전시·전송·배포·2차적 저작물 작성의 방법으로 침해한
자는 5년 이하의 징역 또는 5천만 원 이하의 벌금에 처하거나 이를 병과(동시에 두 가지 이상의
형벌을 지우는 일)할 수 있다.

도서출판 청어람

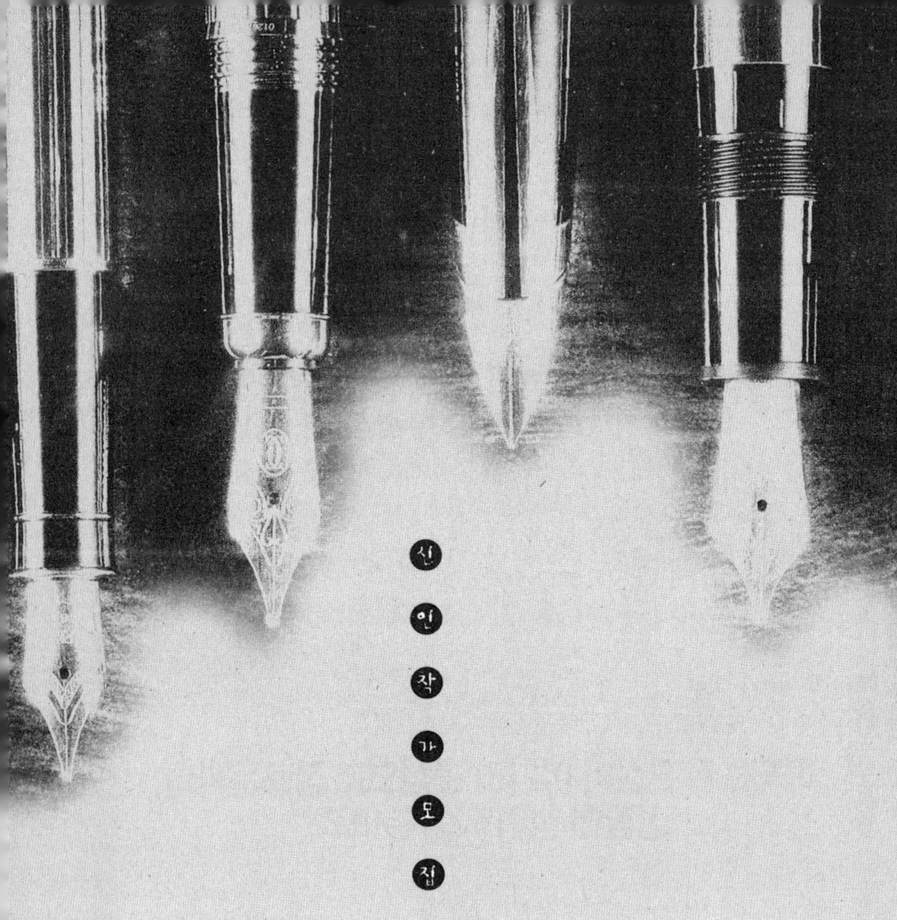
신
인
작
가
모
집

시작이 반이라고 했습니다.
작가의 길에 대한 보이지 않는 벽을 과감히 깨뜨리십시오!
청어람은 작가 지망생 여러분들의
멋진 방향타가 되어드리겠습니다.

저희 도서출판 청어람에서는
소설 신인 작가분들을 모집합니다.
판타지와 무협을 사랑하시는 분들의 많은 참여를 바랍니다.
소정의 원고(A4용지 150매)를 메일이나 우편으로 보내주시면
검토 후 출판 여부를 알려드리겠습니다.

주소:경기도 부천시 원미구 심곡1동 350-1 남성B/D 3F 우편번호420-011
TEL:032-656-4452 · FAX:032-656-4453
http://www.chungeoram.com
e-mail:chungeoram@chungeoram.com

천마검섭전

임준후 新무협 판타지 소설

천마검섭전 철혈무정로 1부

[天魔劒葉傳]

인세에 지옥이 구현되고 마의 군주가 현신하면
그 누구도 그를 막지 못하리라!
이는 태초 이전에 맺어진 혼돈의 맹약, 육신에 머문 자나
육신을 벗은 자나 누구도 피할 수 없는 구속의 약속일지니……

주검과 피, 그리고 살기가 강물처럼 흐르는 전장에서
본연의 힘을 되찾게 되는 신마기!
신마기의 주인은 전장을 거칠 때마다 마기와 마성이 점점 더 강해져
종국에는 그 자체로 마(魔)가 된다…….

제어되지 않는 신마기…
이는 곧 혼돈의 저주, 겁화의 재앙이다!

유행이 아닌 자유추구 -
WWW.chungeoram.com
Book Publishing CHUNGEORAM

일류 新무협 판타지 소설

천산마제

내일을 기약할 수 없는 땅, 천산.
소녀로부터 은자 한 닢의 빚을 진 소년 용악,
청년이 된 용악은 천산의 하늘이 된다.

하늘을 가르고 땅을 뒤엎는다!
한 호흡에 만 개의 벽(壁)!!
지금껏 내게 이빨을 드러낸 것들은 모두 죽었다.

은자 한 닢의 빚을 갚으며 시작된
십천좌들과의 승부.
오너라! 천산의 제왕, 천산마제가 여기 있다!

유행이 아닌 자유추구 -
WWW.chungeoram.com
Book Publishing CHUNGEORAM

유행이 아닌 자유추구 –
**WWW. chungeoram.com**
Book Publishing CHUNGEORAM

長虹貫日

# 장홍관일

월인 新무협 판타지 소설

세상은 언제나 정의가 승리하고,
그래서 사필귀정(事必歸正)이라고?

**개소리!**

세상은 나쁜 놈들이 지배하지.
그러나 그놈들은 아주 교활해서 절대로 나쁜 놈처럼 안 보이지.
현재 무림을 지배하고 있는 백도의 어떤 인간들처럼……

# 암제혈로

설경구
新무협 판타지 소설

—떠나세요, 가능한 한 멀리.
—하나만 기억하세요. 일단 살아남아야 후일을 도모할 수 있습니다.
—떠나.

오랫동안 연락이 두절되었던 이들이 약속이라도 한 듯 찾아와
꺼낸 이야기들과 함께 시작되는 집요한 추적.
그리고 거대한 음모에 휘말려 억울한 누명을 쓴 채로
오직 살아남기 위해 필사적으로 도주하는 한 사내, 진가흔.

"왜 하필 나입니까?"
"자네가 가장 적당하기 때문이지."
"아시겠지만 그를 죽인 것은 제가 아닙니다."
"물론 알고 있네. 그런데 말일세… 그래도 그를 죽인 것이 자네라는
사실은 변하지 않네."

누구를 믿어야 할까.
적아도 명확하지 않은 상황에서 이유조차 모른 채 도주하던
한 사내의 역습이 시작된다.

유행이 아닌 자유추구 –
WWW.chungeoram.com
Book Publishing CHUNGEORAM